世界因你而美丽

——志愿者访谈录

左晶　主编
李瑶　张客　副主编

知识产权出版社
全国百佳图书出版单位
—北京—

图书在版编目（CIP）数据

世界因你而美丽：志愿者访谈录 / 左晶主编 .—北京：知识产权出版社，2023.4

ISBN 978–7–5130–8705–6

Ⅰ.①世…　Ⅱ.①左…　Ⅲ.①新闻采访—作品集—中国—当代　Ⅳ.① I253

中国国家版本馆 CIP 数据核字（2023）第 049869 号

内容提要

志愿服务是社会文明进步的重要标志，是加强精神文明建设、培育和践行社会主义核心价值观的重要内容。本书选取了 22 位志愿者，有在社区创办公益小屋的退休医生，有誓在祖国每一个角落举办升旗仪式的国旗班退役人员，有为病痛的孩子筹集资金的公益人物，有奔赴偏远地区一心支教的年轻人。22 位志愿者的平凡事迹，体现了志愿者无私奉献的优秀品质。这些公益人物事迹具有一定的教育意义，传播正能量，彰显正面新闻的社会价值。

本书适合新闻从业者阅读。

责任编辑：李　婧　　　　**责任印制：孙婷婷**

世界因你而美丽——志愿者访谈录

SHIJIE YIN NI ER MEILI——ZHIYUANZHE FANGTANLU

左　晶　主编

李　瑶　张　客　副主编

出版发行： 知识产权出版社 有限责任公司		**网　　址：**	http://www.ipph.cn
电　　话：	010–82004826		http://www.laichushu.com
社　　址：	北京市海淀区气象路50号院	**邮　　编：**	100081
责编电话：	010–82000860转8072	**责编邮箱：**	lijing@cnipr.com
发行电话：	010–82000860转8101	**发行传真：**	010–82000893
印　　刷：	北京建宏印刷有限公司	**经　　销：**	新华书店、各大网上书店及相关专业书店
开　　本：	880mm×1230mm　1/32	**印　　张：**	4.5
版　　次：	2023年4月第1版	**印　　次：**	2023年4月第1次印刷
字　　数：	82千字	**定　　价：**	38.00元

ISBN 978-7-5130-8705-6

序　言

根据《志愿服务蓝皮书：中国志愿服务发展报告(2021—2022)》提供的数据，在全国志愿服务信息系统中，截至 2021 年 10 月 30 日，我国志愿者总人数达 2.17 亿人，平均每万人中就有 1544 人注册成为志愿者，约占总人口比例的 15.4%；志愿团体 113 万个，志愿项目 621 万个；累计志愿服务时长达 16.14 亿小时，人均志愿服务时长为 7.44 小时。志愿者们无私的奉献最终会汇聚成一股巨大的社会暖流，让整个社会更有温度。

志愿者是一个没有国界的名称，他们不为任何物质报酬，为改进社会而提供服务，贡献个人的时间及精力。本书选取了 22 位公益志愿者，有在社区创办公益小屋的退休医生，有誓将在祖国的每一个角落举办升旗仪式的国旗班退役士兵，有一年四季从不间断在清晨的第一缕阳光中为忙碌的城市打工人奉献一碗热粥的爱心人士，也有为病痛的孩子筹集资金的公益组织……有年过七旬的老人，有花季少年，有普通工人，有大学生，有全职妈妈……本书选择的志愿者仅仅是我国志愿者大军中的沧海一粟，但是从他们身上，可以看到我国志愿者们的风采，他们无私奉献的精神，他们给这个世界带来的美好和温暖。

我是 10 年前开始从事志愿活动，并接触到了志愿者。他们最初给我的印象就是震惊和感动。当时的我并不理解为什么会有这样一群无私奉献的群体，他们在追求什么？为什么他们看上去那么幸福？在一次次的活动及和志愿者的接触中，我渐渐明白，利他的公益活动能够给行为人带来巨大的成就感和满足感。当我们看到因为我们的付出、爱心和努力而给身边的人提供便利、带来幸福时，会产生一种自我实现的满足感。按照马斯洛的需求理论，自我实现需求是人的最高需求，是人们渴望能实现自己的理想、抱负，在工作中最大限度地发挥自己的才能，得到满足、快乐和安慰，充分实现自身的价值需求。并不是只有成为伟人才算“ 自我实现”，能够做自己认为有意义、有价值的事情，能够发挥自己的禀赋能力，就会产生自我实现的满足感。所以，很多志愿者都由衷地表达过，在志愿活动中，他们自己才是最大的受益人，在帮助他人的过程中完成了自身的成长。在利他中自利，也许这是对志愿者最好的回报。

人物采写是新闻学专业实践中必不可少的一项训练，在人物采写训练中，我之所以选择志愿者作为人物采写对象，一方面，因为志愿者是为这个社会提供正能量的人，作为在校大学生，通过深入采访、调研乃至亲身参与志愿者活动，能够让学生切身感受到榜样的力量，正向引导学生。另一方面，志愿者往往都是热心和充满爱心的人士，学生更容易和采访对象建立联系，并完成采访任务，这对于第一次独立完成采访活动的大学生来说非常重要，能够建立起独立驾驭新闻报道的自信心。

本书选取的新闻采访初稿完成于 2020 年 8 月—2021 年 2 月。看着一篇篇学生独立完成的报道，感受他们笔下每一个志愿者的光和热，内心充满感动。志愿服务是社会文明进步的重要标志，是加强精神文明建设、培育和践行社会主义核心价值观的重要内容。习近平总书记对志愿服务工作寄予厚望，他在考察天津朝阳里社区时，称赞志愿者是为社会作出贡献的前行者、引领者，强调志愿者事业要同“两个一百年”奋斗目标、同建设社会主义现代化国家同行。感恩有这样一群有热情、有担当、有行动的人，我们能做的就是记录他们，用我们手中之笔弘扬奉献、友爱、互助、进步的志愿精神，让他们的精神广为传播。

左晶

2022 年 10 月

目　录

叶如陵

将信仰书写为无悔岁月

——“最美志愿者”叶如陵的如歌人生

◎采访人：杨雅兰

眼前这位80岁的老人，头发花白、穿戴朴素整洁、站在小屋门口挥手送别刚刚来看病的病人。阳光恰好洒在他微驼的后背上。他就是“全国最美志愿者”“首都道德模范”——叶如陵。看起来朴实无华的他，背后却有着不平凡的作为，他将自己的一生都奉献给了党和人民。在西藏驻守31年，支援西藏的医疗卫生事业；退休后回到北京，又当起了社区医生，义务服务居民；除此之外，他还依旧坚持其他志愿服务活动。

牢记雷锋奉献精神，无悔支援边疆建设

1959年，全国掀起学雷锋热潮，叶如陵备受鼓舞。雷锋对于他而言是无私奉献的榜样和忠诚爱党的旗帜。1962年雷锋同志去世后，叶如陵向上级递交了自己的第一份入党申请书，简短有力地写着四句话："多做好事、少做错事、不做坏事、忠诚于党。"

1964年，24岁的叶如陵从南京医学院医疗整形专业毕业，被分配到中国医学院工作。"要去就去最苦的地方"，这是叶如陵当时的第一想法。在当时的西藏，全区只有3所藏医机构，没有一张病床，西医西药几乎是空白。因此，他自愿报名参加西藏医疗队，带着新婚妻子张玉凤来到海拔5240米的生命禁区——昌都马查拉煤矿。

初来西藏，这里极度缺氧、辐射强烈的自然环境使叶如陵的血色素高达23.9克，几乎是常人的两倍。他眼睛充血、嘴唇青紫、心脏扩大、呼吸困难，就连晚上睡觉也无法平卧。除去自然环境的恶劣，资源短缺也是叶如陵要面对的困难之一。由于海拔过高，吃饭也只能吃夹生的。蔬菜更是稀缺品，有一次矿上的一位工人偷偷给了叶如陵一颗莲花菜，他犹如珍宝般吃了一周才吃完。

三年援藏期转瞬即逝，叶如陵本可以就此回到家乡，但他却依旧选择留在西藏。叶如陵内心最放不下的就是自己的女儿。女儿一出生便断了奶，在北京和姥姥姥爷一起生活。而叶如陵第一次见到女儿时，她已经四岁了。叶如陵内心也有过无数次的斗争，“但当我看到当地人期盼我留下的目光时，我觉得他们需要我”。于是这一留，便是31年。

当时的昌都马查拉煤矿极度落后，有些人一辈子可能都不会洗脸、洗澡，叶如陵在医学院学到的整形专业在这里完全派不上用场。看到这样的现状后，他开始自学脑外科，填补了神经外科的缺口；他还意识到高原医学的重要性，致力研究高原医学并发表了数篇文章及专著；除此之外，他看到援疆干部每日辛劳地工作，特意成立了干部保健处，为援疆干部倾心服务。在叶如陵的努力下，建设了西藏第一个三级甲等医院——西藏自治区第一人民医院，培养了大批医务人员。“在聘任我当院长之后，我知道这下我走不了了。我觉得我有义务建设我的第二故乡。”

2000年，叶如陵到了退休的年纪。在他离开西藏的那天，脖子上挂了数百条洁白的哈达。

投身社区义务服务，如歌岁月矢志不渝

2000 年叶如陵带着对高原雪山的眷恋、怀着对医疗事业的依依不舍回到了北京，他面前有这样两个选择：一是求安逸，安享幸福晚年；二是接受北京医院高薪聘请。叶如陵一时难以抉择。

有一天他在小区散步时，一位老人激动地迎了上来："叶老师，您都两天没有出门啦！"原来这位老人身体不适，去一趟医院很不方便，只好等在叶如陵每日散步的路上，希望叶如陵能给他看看病。"我当时心里很难受，觉得像我这样医院的医生很多，社区医生却很少。"叶如陵觉得物质富裕的满足感远远比不上被人信任、被需要的感觉。他仿佛找到了当初义无反顾援藏的责任感，继续发挥着他的余热。

于是他决定做一名社区志愿者和保健医生。他将自己的电话号码公布出去，方便他人及时问诊。北京红十字会还向叶如陵捐赠了医疗房车，被社区居民亲切地称呼为"爱心小屋"。叶如陵不仅免费为社区居民义诊看病，还定期给他们免费测血糖。去医院之前或是去完医院之后，他们都会到小屋听听叶如陵的意见。叶如陵对每一位前来看病的人都是笑呵呵的，贴心地为他们测量血压，还会宽慰两句，告诉他们放松心态。

提起叶如陵，居民们没有一个不竖起大拇指夸赞他的。“他就是老一代的榜样！我们都很喜欢跟他聊天，平时身体有什么毛病都会找他，他都特别耐心。”居民们纷纷夸赞道。小屋越做越出名，不光是西坝河社区居民前来看诊，就连北京其他区域甚至外地居民都来找叶如陵看病。“如果我们社区也有这样的爱心小屋就好了！”特意来找叶如陵看病的患者遗憾地说着。

一个人的力量太小，叶如陵又组建了“叶如陵团队工作室”。工作室由一些退休的医务人员组成，义务为孤寡老人服务。他们经常深入“空巢家庭”中走访，每周一固定在居委会门前的服务站为居民看病解疑、提出健康意见，无偿为社区百姓提供义诊、咨询、医疗知识普及等服务。爱心小屋在叶如陵的努力下，成为西坝河社区一座有爱且温馨的“驿站”。

叶如陵称自己是“舍得老人”，他认为有舍才有得，在无私的奉献中，他得到的远不止荣誉。在他的小屋里，挂着这样一副字：“做一辈子的好党员，做人民满意的好党员，把我的爱心和知识奉献给我的祖国和人民，直到永远！”这既是他总结人生历程的内心独白，更是立下的铮铮誓言。

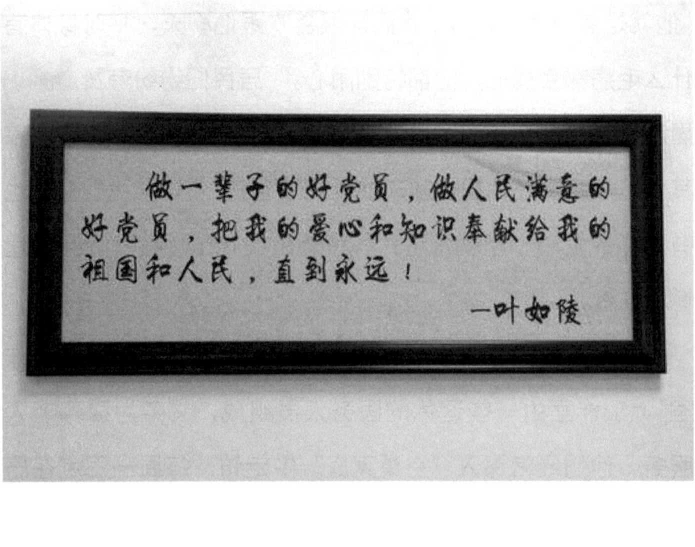

志愿精神薪火相传，但行好事莫问前程

2001 年，北京申奥成功。叶如陵也如愿成为奥运志愿者当中的一员，除去日常在社区出诊之外，还为奥运急救员讲解急救知识。2006 年，叶如陵成为奥运急救员培训团的首席讲师。2010 年，叶如陵被选为首批志愿者，在上海世博会北京馆做志愿服务，成为志愿服务团队中最年长的一位。

每次服务归来，他都与居民分享志愿服务经历时，十分自豪，“志愿者的微笑是北京最好的名片。虽然我们每天的工作量很大、很辛苦，但是我们时刻都感受到自己对社会有用、被他人需要，内心充满温暖，这是作为志愿者最大的幸福。”

十多年来，叶如陵以志愿者的身份参加了北京奥运会、残奥会、上海世博会、广州亚运会的志愿活动，还多次到新疆为少数民族百姓看病，到“毛主席纪念堂”做志愿服务，把志愿服务和爱国主义教育结合在一起。叶如陵还担任几所大、中、小学的校外辅导员，常常利用业余时间到学校为年轻人讲党课，带领新党员宣誓，重温入党誓词。

每次去讲课时，叶如陵总是背着一个大大的书包，都是由妻子为他整理。“出门前她都要问问我，电脑带没带？身份证呢？手机呢？助听器呢？还会再帮我检查一遍。”叶如陵满

脸幸福地说着："爱人特别支持我，没有她我也走不到今天。"其实，叶如陵由于长期身处西藏低气压的环境下，右耳已经几乎失去了听力。他必须戴着助听器才能使自己听得更清楚一些。

叶如陵每次讲课时都是自己学做 PPT，遇到不会操作的便会带着电脑去社区问问年轻人。"叶老师又来问问题了。"社区人员每次见到叶如陵都打趣着说。"我现在都会加动画了。"叶如陵自豪地说着。新冠肺炎疫情暴发后，虽然不能奔赴一线，叶如陵在网上开启了线上义诊，还主动在网上授课，讲解日常医疗知识。如今，他已经讲授了近 500 场讲座，听众中有十几位学生受到鼓舞，前去西藏等地区参与医疗事业援助。

尽管叶如陵已经 80 多岁，可是身体依旧十分健朗。他分享了他的长寿秘诀："心态决定健康，决定着寿命，这是金钱买不到的。"他每天都会坚持在小区快走，每次手里都拎着一把小铲子清理路上碰见的狗粪。做得更多一点、做得再好一些，是他这一生无尽的追求。

袁治航

大山里走出来的“小太阳”

◎采访人：张　客

23 岁的袁治航来自贵州遵义，是湖北工业大学 2017 级材料与化学学院的学生，同时也是武汉贵仁机动车驾驶员培训有限公司的创始人。从小家境贫寒的他，靠着自己的努力在武汉创业，助力同校 71 名贫困学子提前偿还了助学贷款；为了反哺家乡，他带领 200 余人返乡支教；新冠肺炎疫情暴发后，他与同乡一起联系捐赠 400 余吨蔬菜从贵州运送到湖北。他说，自己做的这些都是力所能及的小事儿，只是想要带给人们更多的希望，“因为我的家庭比较贫困，从小也得到过一些帮助，让我自己看到了更多的希望，我也想把这样的一份心传承下去。”

1997 年，治航刚出生时，父亲已经 43 岁了，母亲患有精神疾病。他从小就跟着父亲在田里跑，在泥土中打滚着长大。13 岁时，他就独自一人犁田，累得在田埂边睡着，直到傍晚爸爸笑着叫醒他：“治航先吃饭！”尽管家中没有丰裕的物质生活，一家人却从不抱怨什么，家里总是充满欢声笑语。长期温暖的家庭生活，使他养成了乐观、坚强又独立的性格。17 岁那年，父亲卖牛送他上学，却没有了回家的车费。他瞒着父亲到附近景区，连夜扛水上山为父亲赚来了路费。自此以后，他再也没有从家里拿过一分钱，而是靠兼职来赚取学费和生活费。2017 年他考上湖北工业大学，也开始了他的创业生涯。

感同身受，守望相助

大一时，经过市场调研，他从贵州银行贷款创办了“贵仁”驾校。驾校名称“贵仁”，一语双关，一是袁治航是贵州人，二是“来者都是贵人”。公司的 120 多名员工中，102 人是贫困学子。袁治航坚持让每一个员工都入股，2 年间，有

71人提前偿还了助学贷款。袁治航说，看到他们，仿佛就看到了无数个儿时在漆黑的上学路上靠背课文来克服恐惧的自己。“我特别能理解这种不容易，我希望的是，这群从大山里走出来的人把自己发展好了，再回到大山里带着一批又一批的大山里的贫困孩子走出来，总有一天大家都会好起来的。”

2018年公司盈利情况较好，袁治航为贫困学子捐助资金万余元。“在他的帮助之下，现在我有能力去赚取自己的生活费了，性格也变得谦和沉稳。”创业团队成员熊磊就是得到过他资助的同校学生。他说袁治航身上有一种力量，能让别人感觉到温暖，从而努力地去活好自己的人生。

乡情难忘，反哺故里

作为大山哺育的孩子，袁治航每时每刻都挂念着大山深处那些一直无法走出来的故乡人。2017年寒假时，袁治航主动联系了贵州的人力资源公司，想通过厨艺培训，帮助村里待业的妇女学习一项技能。最初村民热情并不高，但他挨家挨户登门拜访劝说，最终第一期培训人数达300余人，成为当地精准扶贫项目。

他还号召各所高校收集公益物资送给贫困家庭。“我们只是想让他们看到所有人都希望他们越过越好。”实际上他明白自己送出的这些物质并不能让一个家庭马上变得富裕起来，但他想的是让人看到希望，让每个人都能积极地去奋斗，去面对自己该面对的困难和挑战。

自从上大学之后，袁治航就一直关注“春晖行动”，并身体力行组织贵州籍大学生到贵州铜仁印江支教。他也受到过质疑：每年一两个月的支教活动，真的能给大山里的孩子带来什么改变吗？从知识层面来说，一个月确实没办法教会孩子们很多知识，但却足以开拓他们的视野。袁治航说，作为去支教的大学生，更重要的是从思想层面去教育这些孩子，引领他们正确地看待自己的人生，让他们明白，只有自己努力才能去创造人生的更多可能。“因为环境的原因，有些孩子不爱学习，我们待了一个多月后，他们变化特别大。”每次支教结束，听到孩子一声声真挚的“谢谢”，看到孩子眼里有了更多的光亮，袁治航都会十分感动。

除了希望故乡的人走出来，袁治航也希望家乡的文化得到推广。2019 年夏天，他组建了湖北工业大学“蜡染黔南”非物质文化遗产寻访推广社会实践队，帮助开发和售卖民族服饰、手工艺品等非遗文创产品。返校后，团队成功入驻湖北工业大学创业园。一方面可以助力精准扶贫，另一方面能够让故乡的文化被更多人知晓，对此袁治航表示：“还是有一点满足感的！”

抗击疫情，共克时艰

2020年1月23日，疫情肆虐，武汉封城。当晚，袁治航彻夜未眠。他连夜组织发出主题为“万众一心，共渡难关”的倡议书，号召贵州商会及母校青年共抗疫情。他们与贵州蔬菜基地进行联系对接，2月2日，第一批120吨蔬菜从贵州送达武汉东西湖区；2月5日，第二批200吨蔬菜送达恩施……最终，陆陆续续将400余吨蔬菜送达湖北。看到一位老人在新闻报道中说：“这菜很甜……”袁治航心想：“这一刻，我觉得自己的艰辛付出都有了意义。”

除了为武汉运送蔬菜物资，袁治航还以笔为援，在中国诗词网发表《江城之战》《鹧鸪天·庚子抗疫》等20余篇抗疫诗文，表达对抗疫战士的感激之情。“前线的抗疫战士们很辛苦，哪怕只有一丝希望，我也想通过笔触鼓励到他们。”

他撰写的一篇评论文章，在今日头条上获525.7万次推荐，57.9万阅读量，2600多条评论。“只是想写一些作品送给一线战士们，想让他们知道全中国人民和他们一起在努力抗战。”谈及这件事时，袁治航仍然非常感慨：“那一刻我深深感到，文字也是有温度的，会激发一群志同道合的人站出来，捐赠更多物资，影响更多人。”

他在逆境中蓬勃生长，把自己变成一个“太阳”四处散播温暖。善意是一种传承，那些被他点燃的小小火种，终有一天也会变成“太阳”。“有句话说得非常好，‘穷则独善其身，达则兼济天下’，其实每个人都有那么一部分相对于别人来说‘达’的。所以我觉得公益这件事情每个人都能做，很简单的。”

吴 波

夜寒风凉，你是凛冬的火光

——访“北京市优秀巾帼志愿者”吴波

◎采访人：李雨洪　任　颖

2020年的春节，比往年都冷了一些，车水马龙的北京仿佛露出了睡意，变得安静而肃立。在城市的一个角落里，鳞次栉比的楼群之中，一个红袖标，一顶红帽子，反复叮嘱戴口罩，检查温度是否正常，是否携带小区出入证件……她是一名坚守在疫情防控岗位的朴素的值守人，也是一个正月寒冬里高尚的逆行者。

她就是吴波，一个志愿服务长达4332小时的志愿者。2018年她个人成为“北京市优秀巾帼志愿者”，她的家庭被评为“北京市优秀志愿者家庭”。2019年吴波被评为北京市“五星级志愿者”。

守护“来自星星的孩子”

2011年，吴波在朝阳区周庄嘉园幼儿园工作，每天过着三点一线的生活。一次偶然的机会，吴波听朋友讲起当志愿者的经历，她听得两眼放光，“以前见过志愿者服务，当从朋友口中得知那些事，就有一种想成为他们中一员的渴望。”吴波说。通过朋友的介绍，她加入了志愿服务的行列，主要的工作是关爱并帮助自闭症儿童。我国自闭症儿童数量已达200余万人，平均每68名儿童就有1个患有自闭症，帮助自闭症儿童恢复正常语言和社交需求具有很大的现实意义。

“自闭症的孩子最常见的症状就是不喜欢和别人交流，不喜欢和同龄的孩子一起玩，会出现一些社交障碍、交流障碍。有的小朋友非常渴望更多的人陪他玩，但稍加靠近又表现出抗拒；有的小朋友注意力不集中，沉浸在自己的世界，对人不予理睬，甚至连目光也不愿扫过来；还有的小朋友一直盯着一个地方一动不动……让我感觉他们真的是来自星星的孩子。”——犹如天上的星星，一人一个世界，独自闪烁。

“在陪伴这些孩子一起游戏、学习的过程中，明明他们跟我就近在咫尺，却又感觉好像离得特别远。那一刻，我就明白了这些特殊的孩子真的需要更多的帮助。但绝大多数人不知道自闭症，不了解自闭症。”吴波除了给予自闭症孩子陪伴和爱护之外，还进行了自闭症的普及宣传，告诉更多人“自闭症儿童不是精神病，是孩子发育有障碍”，让人们消除对他们的偏见，更多地给予自闭症儿童关爱，能够平等对待他们。同时，吴波还参与了为自闭症家庭捐款、捐衣服的公益性活动，希望这些患有自闭症的孩子可以早日康复，就像她喜欢的歌《春暖花开》中一样“穿越阴霾，阳光洒满你窗台”。

见性“志”诚，不惧平凡

2017 年，经朋友介绍，吴波加入北京市红爹之家志愿服务队。

北京红爹之家志愿服务队是一个以在公益活动中为有爱心的单身志愿者提供相识相知、深入了解、建立爱的港湾的公益组织，其宗旨是“让爱心与爱情同行”。“我们的每一场公益活动都可以说是一场相亲活动，让青年男女在奉献爱心的同时收获爱情。”北京红爹之家旗下《京城红爹》、红爹网等免费新媒体公益平台已成为单身朋友婚恋交友的品牌内容。其中公益相亲是指通过官方公众号进行报名，审核通过举办“空中鹊桥会”和一些线下公益相亲活动。除了线上报名外，在公益活动过程中也为一些单身朋友搭建了爱的桥梁，喜结良缘。红爹之家的志愿者来自国家机关、各社会团体、企事业单位、学校等地。在过去的几年里，红爹之家先后组织、参加了除相亲以外的助残、助学、敬老、公益演出、急救培训、地震灾区志愿服务等一系列公益活动，吸引了越来越多的爱心人士参与到志愿服务当中。吴波主要负责收集、核对报名资料、公众号值班宣传鹊桥活动信息、每天发布一个单身信息等。

每次公益活动，最早到现场的一批人里总有她。吴波承担的是“招募、报名、计时”工作，她总能不厌其烦，以极大的耐心和专注态度去为大家服务。“在这里能与大家一起做公益，让我干什么都高兴。”吴波热情的服务态度赢得了伙伴们的认可和领导的信任。从项目设置发布，到现场签名记录，再到活动结束后为志愿者记时上报，每一个名字、每一份表格，都是她利用工作之余加班加点做出来的。常常是公益活动一结束，还没有等她回到家，喘口气，一些参加活动的志愿者就心急地把电话追来，要求核对时间，询问记录……无论忙到多晚，她总是和颜悦色，一一解答。随着她的服务工作越来越周到、准确，“吴签到”的美名就在志愿者中间传开了。最后人员散去，她便收拾好团队旗帜、朗诵词夹装进自己车的后备厢。然后将路程比较远、身体不太好的志愿者一一送回家。有人说，每次志愿服务活动结束后，回家最晚的可能就是吴老师了。

吴波不拒平凡，不拒幕后，从点滴小事做起。她还担任了组织的另一项工作——公众号的编写。红爹之家公众号“抗击疫情”专栏就是吴波负责的。“这算是我做慈善事业遇到的困难，公众号的编辑、排版还有关于网络的东西都是我之前不会的，必须从头学起。”为了学习这些，吴波到北志联、北京市妇联等组织参加培训，还拜丈夫和儿子为师，慢慢地已经可以熟练使用公众号了，如今已成为公众号的值班主编。

战“疫”志愿逆行人

2020 年年初，新冠肺炎疫情暴发后，吴波自正月起每天都会参与疫情防控活动，累计参加 350 多个小时，同时多次爱心捐款，并为社区防疫捐献物品。由红爹之家党支部组成的“防控战‘疫’先锋队”，她是最早参与疫情防控的志愿者。

2020 年 3 月 22 日，北京市妇联《巾帼抗疫故事海外传播，分享中国经验增强必胜信心》的报道中，吴波作为首都优秀巾帼志愿者代表光荣上榜。

在志愿服务组织中有许多让她印象深刻的事情。比如，2020 年疫情期间，组织的下属团队王四营有一位 71 岁的奶奶，从大年初一就志愿开始疫情防控，自己带队，每天都佩戴着党徽和防控袖标行走在大街上，宣传防控知识，提醒大家戴口罩，尽量少出门，无论刮风下雨，始终如一坚守在防控岗位上。奶奶曾经做过双膝骨关节方面的手术，奔波于四个防控岗点，巡查值勤，人员调配，发放防护用品，每天平均要行走近 10000 步。党委领导心疼并劝她休息两天，可是奶奶没有休息过一天。吴波深受奶奶志愿精神的鼓舞，并以此为榜样，一天也没有落下防疫志愿工作。

言传身教情更切，吴波以身作则，志愿精神感染了周围的很多人也投身志愿服务队伍中。首先受到感染的就是她的家庭。“做公益活动我的家人也非常支持我，尤其对孩子来说，非常有意义。我希望他一直可以做个善良的人，可以力所能及地帮助他人。我经常会带着家人一起去做公益救助。”吴波微信号为“敏波钧”就是一家三人姓名末尾一个字的组合，她的志愿信念由一个人变成了整个家庭，她爱人孟庆敏、孩子孟凡钧参加到自闭症儿童的救助活动中来。孟庆敏参加党员志愿者值班；孟凡钧在学习之余参加爱心捐款、关爱自闭症儿童、消毒楼道等公共区域……好友张春红也受到吴波的影响。张春红看到吴波的朋友圈里经常发一些参加公益服务的照片，还有志愿活动的介绍，觉得这些活动非常有意义，在2017年春天，也加入了红爹之家志愿服务队伍。

我们常说“平凡而伟大”，这句话用在吴波女士身上再为合适不过，当问起她对此的理解时，她沉默了良久，说道：“我没想那么多，因为做这些真的心情很好。”一个个被治愈的孩子，一段段因她而相联结的感情，让吴波平凡的人生闪耀着不平凡的光。同时，作为北京市五星级志愿者、北京市优秀巾帼志愿者、首都学雷锋志愿服务“五个一百”最美志愿家庭成员，将继续践行“互相帮助、助人自助、无私奉献、不求回报”志愿精神，为社区平安、人民安宁、社会文明，全情奉献。

李泽民

李泽民：成为“泽民哥哥”的 17 天

◎ 采访人：邓浩然

从对特教毫无了解的大学生，到孤独症小朋友的大哥哥，一段 17 天的经历，一种别开生面的体验。大家不会怀疑，不会忘记，他的努力与坚持，他在面对孩子时发自心底的笑容。他，就是爱孤独症实践团的副队长李泽民，一个来自河北唐山的小伙子，一个坚定而又柔软的人。

有个公益心

2019年7月，李泽民所在的北京科技大学发起了一个实践的主题项目，在众多备选项之中，他选择了去做公益。

“在确定社会实践选题时，我很希望通过公益服务这种方式做实实在在的事情，用心帮助他人。”他认为大学生应该多接触社会，尽自己所能去帮助有需要的人。“其实也有我个人的原因，我有个表弟，小时候给我的感觉他可能有孤独症这方面的问题”，加之刚好有此前做过孤独症相关实践工作的学长的帮助，大二的李泽民开始着手准备这个项目。

虽然已经做好了迎接挑战的准备，但让李泽民没有想到的是，在项目筹备过程中困难就接踵而来。筛选实践地点、招收适合实验项目的队员，选定合作方向……准备工作中，一系列未曾想象过的困难与迷茫就像一块大石头一样堵在李泽民做公益的路上。“某个周末起了一个大早，跑到郊区找一家接收孤独症儿童的幼儿园，但结果到了地方发现人家早就已经搬家了”。看向身边一些顺利开题，已经进入实践阶段的同学们，他有些动摇了。

放弃很简单，但李泽民不甘心，这样的犹豫一直持续到他选题答辩之前。“我之前一直想要确定一个宏大的目标，想要做一件特别厉害的大事，但其实到了后面我觉得这些已经不重要了，我只要做了就好。”在谈到这一点的时候，李泽民稍有些不好意思地笑着补充了一句：“其实那时候我才是真正准备好了去做公益。”

下定决心做公益，李泽民就打起了万分的精神投入筹备当中——“既然做就要做好”。他在学校查找了大量资料，也在周末跑到北京大学第六医院去拜访研究孤独症的专家。公益活动虽然还未正式开始，李泽民在孤独症方面所储备的知识就已经远超普通人了。

“其实目前社会公众对孤独症及孤独症儿童都存在着很大误解。”李泽民细腻地察觉到，如缺乏专业知识主观判断孩子是否患有孤独症这样的偏见或误区其实很不利于他们的康复。

就这样，在逐步落实项目的同时，李泽民和队长也终于敲定了他们实践的主题。他们打算走进北京的一家新希望融合教育机构，在那里进行 17 天的志愿支教服务活动。融合教育机构的特殊之处就是让特需儿童在融合的环境下接受教育，使他们能以较低的成本接受较高质量的普通教育，同时也可以和同学建立较为正常的社会关系。

17 天的支教实践显然与 1 天的志愿活动不同，“早上 6 点去，晚上 6 点回”，不仅需要全天候的陪伴，他们也要作为老师进行嵌入式教学，根据孤独症孩子的实际情况与特点设计课程。难度大，压力更大，在去支教的前一晚，李泽民失眠了，直到到达幼儿园门口还很紧张。

就像李泽民亲手写在实践报告上的话一样，“我们参与到那些罹患孤独症的孩子的日常生活中，用爱心努力帮助他们打开心扉，期待着他们能够早日走出自己封闭的世界，感受到真正的美好”，这些终化成他在新希望融合幼儿园学前班里的教学动力。

走进孤独的小灵魂

踏进学前班的那一刻，等待李泽民的就是他从未想象过的画面。投向他的异样的眼光让李泽民一眼就可以区分出来哪些是患有孤独症的孩子。幼儿园老师对他的嘱咐一瞬间就涌现在脑海里。

“奇怪”是李泽民面对这些孩子最直观的一个认知，这个形容并非贬义，而是他在课堂上遇到的“小困难”。比如，有的孩子会在魔方课上直接把魔方摔掉，在剪纸课上把纸片吃进嘴里，也有很多次在课堂上集体大哭。

在经历了前几次的手足无措之后，李泽民快速进入了“哄孩子”的状态，能够轻柔地用纸巾擦拭去孩子脸上的泪水或者玩一些小游戏重新吸引孩子的注意力，冷静且耐心地照顾好孩子的情绪。

白天要教课，陪孩子玩，晚上回到家已经很晚了，但李泽民还是不能马上休息。他总是会打开台灯坐到桌边，翻看着当天拍摄的照片和教学笔记，写下一些心得体会。比起考虑能给这些孩子带去什么，李泽民更多考虑的是不要伤害到他们。

虽然支教时的身份是老师，可是李泽民更认为自己是孩子的朋友。“我经常跟他们主动聊天和交流，不管他们理不理我”。虽然是个男生，但李泽民十分有耐心，再“难搞”的小孩子最终也把他当成好朋友。

“小胖子”“小瘦子”，这两个孩子在李泽民的支教过程中显得尤为特殊，在他眼里，无论是吵闹、暴躁还是哭泣，都是他们寻找存在感的一种方式，在他们孤独的世界里更需要爱的陪伴。“小胖子”和“小瘦子”不仅在体型上相差甚远，在性格上也是两个极端，他们一个坐第一排，一个坐最后一排。

“小胖子”是个爱抱人的小家伙，他想学手工，但就是不出声表达，只是紧紧抱住李泽民。李泽民只能一手搂着他胖胖的小身体，用另一只手一步一步地辅导“小胖子”折出他想要的小动物。“小瘦子”就显得有些“不友好”——“我见到他的第一面就被吐了口水”，上着课也会突然偷跑出去吸引他的注意力。所以李泽民就倾注了很大的心力在他身上，“小瘦子”走到哪里，李泽民就跟到哪里，就这样两周过去了，“小瘦子”才真心认可了这个大哥哥。

从一开始的询问你是谁，到之后孩子对他的格外依赖，李泽民十分珍惜他在幼儿园的每一寸时光。“我真实地走进了他们的生活，办活动，当助教，我见证了他们这两周生活的点点滴滴。”

谈到支教过程中最令他感到有成就感的一件事时，李泽民一度有些不知道该说什么，他认为支教只是一件“很平常的小事”。“要说的话，那就是有个症状比较轻的小女孩特别喜欢我教她叠的蝴蝶，她学会了之后送给我一只，还送了一只给她的家长，我觉得特别有意义。”李泽民说这句话的时候有些害羞，还带有些小骄傲地称这件事情为“两只蝴蝶”。

“孩子能跟我主动交流使我感觉支教非常有意义”。虽然公益这条道路并非坦途，但两周的社会实践，已经带给了李泽民一种别样的体验，“我觉得很值得”。每一个孤独症儿童都拥有一个独立的世界，随着和孩子的深入接触，他们开始接受李泽民的团队、信赖这群大哥哥、大姐姐。

主动打招呼、遇到惊喜或稀奇古怪的事找他们讲述，能够逐渐走进他们的世界，哪怕只是一些细微的小事，也已经是李泽民所收获到的最大的感动了。

李泽民说："孩子原本都是来到这个世界上的天使，只是某些原因，部分天使不愿主动与人接触，而融合教育的目的就是让我们双方都更加了解对方，让他们能够正常地与人交流，与他人分享自己的喜怒哀乐，更好地融入这个世界。"

因为不够专业，因为只有短短的 17 天，这就注定了李泽民一行人的身份只不过是孤独症孩子们世界里的几位过客。他们能做到的就是以"大哥哥""大姐姐"的身份去陪伴他们，努力让他们更好地融入普通人的世界。

"只要用心去感受他们的世界，就能真正感知到他们的懊恼或开心"。孤独的小灵魂拥有孤独的世界，而正是有专家，有融合机构的老师，还有像李泽民他们这样一群又一群的过客，才能让孩子的世界变得活泼起来。尽管学业繁忙，李泽民的公益事业还会继续做下去，保持与新希望融合教育幼儿园的联系。他在努力着，努力成为一个被他人所需要的人。

旗 志

把国旗升在祖国的每一寸土地
——“旗志”一直在路上

◎采访人：李　瑶

他们是谁?

“齐步，走！正步，走！齐步，走！”

“立！定！向国旗！敬礼！”

四川大凉山的一块平地上，七名队员身着制服迈着整齐的步伐，在国歌声中缓缓升起了国旗，“齐步、正步、敬礼”，每一个环节都严格按照天安门广场升国旗的规格举行。

这七名队员都来自一个叫“旗志”的团队。旗志，一个全部由退伍军人组成的团队，八名成员在退伍前均来自中国人民解放军仪仗队的“仪仗人”。

2019 年的国庆阅兵，是“旗志”团队成立的契机。当时的八名队员因为阅兵任务集结在阅兵村，训练之余，八个人聚在一块儿聊天的时候，发现大家在退伍后仍然从事与正步、队列有关的工作，所以当时几个人在阅兵村就琢磨阅兵结束后自己成立一个团队，去做自己喜欢做的事情。就这样，阅兵结束后，旗志团队成立了。

团队成立初期，所有成员都带着自己作为“仪仗人”对国旗的那份忠诚与热爱，走进校园、企事业单位，通过公益升国旗、进行国旗下的讲话，宣传《国旗法》，传播爱国主义精神，弘扬国旗文化，把国旗文化带到他们走过的每一个角落。旗志的“中国行”地图中的北京、河北、江苏、四川、贵州等地已经陆续被点亮，团队已经走进五十多所学校举行过升旗仪式。

周岩昌作为团队的班长，在 2019 年的阅兵盛典中，担任了领导指挥方队的教练员一职。在团队中负责指导团队成员的日常训练，虽然团队成员都已经退伍了，但还是像在部队里一样，每天坚持训练。除了指挥日常训练外，周岩昌还负责代表团队做一些推广类的直播。在团队中，周岩昌作为班长，是主心骨。

团队的副班长是岳嵩豪，他和团队中其他成员一样，都有丰富的执行仪仗司礼任务的经验。但与其他成员不同的是，岳嵩豪是一名严重的恐高症患者。“稍微有一点坡度就会晕”，班长周岩昌笑着打趣道。但就是这么一个“一点坡度就会晕”的恐高症患者，在“公益中国行——大凉山站”爬悬崖村的“天梯”时，愣是在队友的鼓励和自身的坚持下，越过了这道天梯，尽管一路上一直在冒冷汗，但最后还是没有放弃，克服了心中的恐惧。谈到自己在悬崖村那段经历，副班长岳嵩豪有些不好意思，搓了搓手说道：“当时不是去给一个老人送大米嘛，最后看到老人笑了，一切也就都值得了。”

盛东龙，人送外号“龙叔”，是团队的“灵魂人物”，在团队担任文书一职。作为团队的文书，龙叔可谓是“十八般武艺样样精通”，“上得厅堂、下得厨房，剪得了视频，写得了文章”，旗志团队的公众号宣传推广，快手主页的视频剪辑都离不开龙叔的手。

除了上面重点介绍的三个人之外，团队的其他五个人也各有特色，“游戏大神”成晓璐、“比心达人”武成前、“口令小王子”张恒、“阳光暖男”张泽、“酒窝男孩”苏畅，每个人都是团队不可或缺的存在。

凡心所向，素履所往

八个人，八个行囊，几辆车，一根旗杆，一面国旗，一个梦想，就这样，在 2020 年 7 月 29 日，八个人开始了团队的大凉山公益行。

四川大凉山位于我国的西南边境。特殊的自然地理条件及不发达的交通条件使这里与外界的交流沟通变得极为困难，在这里，有很多人从来没有离开过这座大山，特别是老人和孩子。但这里的孩子，对国旗和国歌却有一份发自内心的亲近与喜爱。旗志团队的到来不仅为他们送来了五星红旗，也送来了国旗文化。在大凉山的一个月时间，旗志团队走访了不同的村庄，为困难的家庭送去生活必需品，同时不断宣传弘扬国旗文化和爱国主义精神。

当问及公益行的初心时，盛东龙这样答道："公益中国行最初的目的就是为了让一些看不到天安门升国旗的人看到升国旗仪式，所以我们首先的选择是去一些比较偏僻的地方，去做公益升旗的同时也去弘扬我们的国旗文化和爱国主义精神。"旗志留下了国歌的声音，国旗的身影，在孩子们的心里，播下了爱国主义精神的种子。

在此之前，还有一次升旗仪式，让旗志团队印象深刻。

那是一所位于江苏新沂的特殊学校，里面的孩子大部分是留守儿童。为了让这些留守儿童也能接触来自北京的升旗，旗志团队跋涉千里来到江苏新沂。在这里，按照天安门升国旗的规格为孩子们展示了一套完整的升旗仪式，给孩子们带来了一场视觉盛宴。

对于这所特殊学校的学生，团队成员并没有带着有色眼镜或者是给予特殊对待。“对我们来说，所有人都是一样的，我们的计划是把国旗升到祖国的每一寸土地，把国旗文化种在每一个人的心里，所有人都属于我们的‘每一个人’范畴，都是我们心中不可或缺的一部分。”盛东龙在谈到特殊学校的升旗时这样说道，“看到这样一个学校，我们还是很欣慰的，国家能设置这么一个学校，让我们看到了国家在民生保障方面所做的努力”。

公益和生活，一起在路上

“大凉山之行，我们团队真的收获了很多感动，也学习到了更多的知识，我们在给他们传递国旗文化的同时，也学习到了很多少数民族的知识，但此行最重要的收获是坚定了我们自身的信念。”班长周岩昌说道，但同时他表示，生活和公益也要保持平衡，对于旗志团队来说，只有自己足够强大，有一定的经济基础，才能更好地做公益，做公益不能脱离现实生活，脱离实际的公益是做不长久的。

谈及“公益中国行”的下一站目的地时，旗志团队表示还没有确定具体的地址和日期，“但是我们下一站目的地首先考虑的肯定是一些比较偏远、平时看不到升旗仪式的地区，我们相信，我们的公益行一定能够继续坚持下去。”周岩昌说道。

“不辜负生活，不迷失方向，旗志一直在路上”，这是周岩昌班长对旗志团队的期望。每一次的准备，都是为了更好的呈现，旗志的精神将随着旗志团队的步伐盛开在祖国的每一寸土地上。

王 迈

王迈：感谢别人给自己机会成为一个善良的人

◎采访人：黄小芳

他是北京城市管理科技协会副理事长、中国灾害防御协会城镇基础设施防灾减灾工程专业委员会副理事长，是首届城市管理领域优秀青年科技工作者，也是清华大学环保与清洁能源创业营的创业导师。

他叫王迈，是非营利公益机构——北京阳光爱心公益服务中心的创始人及会长。对他来说，在这么多社会身份里，最与众不同的是，他是这个公益组织的带头人。

王迈毕业于墨尔本大学，并获得了环境工程与金融双学士学位。大学时候，他就注意到了社会上的不平等的事情，总想着自己应该为身边的人去做一些力所能及的事情。第一次接触公益，是在王迈大三的时候，墨尔本大学呼吁“少去一次赌场，少吃一块牛排，省下的钱就能捐给一名高中学生”。受此影响，2008 年，家庭条件还不错的他开始了自己的公益之旅，长期资助 50 名贫困的中国学生，直至他们顺利地度过高中生活。

2010 年，王迈毕业回国后，工作之余，他仍想继续做一些不一样的公益活动。“我想做一些持久的，并且能够让人得到更多价值的公益活动。”王迈说，“捐钱帮助有困难的学生上高中，是一件很容易的事，只需要出钱就好了，没有任何技术含量”。他想做一些不一样的事情，能够持久地去影响自己所帮助的人，让他们能够获得除了金钱以外更多有价值的东西。

北京外来务工人员子女上学难的问题引起了王迈的注意。北京作为一座经济高度发达的城市，吸引了大量的外来务工人口，还有这些外来务工人员的子女。他们生活在北京的五环和六环之间，大多住在城中村，生活环境堪忧。外来务工人员的子女多数在民办的打工子弟学校上学。王迈了解到，这些民办打工子弟学校 60% 以上没有专职音乐、体育、美术教师，教育资源匮乏。于是，2010 年 6 月，王迈整合了身边所能获得的资源，组织并创立了非营利性公益机构——北京阳光爱心公益服务中心，这是一个以体育、音乐、美术为研究方向的青少年问题研究中心，致力于通过专业、创意、趣味的公益活动改善社会弱势群体的身心健康问题的公益组织。“我们坚信音乐、体育、美术是可以对人生产生积极影响的因素。”王迈认为，比起物质上的满足，受助者更需要精神上的富裕。

2012 年，为了能够深入地了解北京社会弱势群体的具体情况，王迈走访了朝阳区的 14 类弱势群体，走访人群达 1000 人以上，切身体会受助者究竟需要什么，而自己又能提供给他们什么。通过人们的需求与自身所能提供的资源相互匹配，最终确定北京阳光爱心公益服务中心主要关注两类受助人群：外来务工人员子女和视障群体。

在王迈看来，表达自己是这两类群体最需要的东西。务工子女由于父母长期在外工作而缺少关爱，他们更希望被看到，希望被肯定，需要去表达自己内心的情感，视障群体也一样。“像北京这样一座大城市，很少能够看到盲人的踪影，因为他们没法像正常人一样出行，只能待在家里。2020 年新冠肺炎疫情暴发后，我们待在家里才几个月就憋不住了，那么这些视障群体呢？他们在家里一待就是五年或十年，而且还没有办法像我们一样能够正常使用网络设备进行娱乐消遣，那他们该怎么办呢？所以他们需要的是表达自己。”王迈说道。

2011—2018 年，北京阳光爱心公益服务中心在北京周边的打工子弟学校进行了几十次的音乐、体育、美术支教活动。王迈组织策划了七次大型公益音乐会，亲自租场地找乐团，让视障群体和外来务工人员子女能够有机会在剧院欣赏乐曲并登上舞台展示自己。

谈及做公益这 12 年来印象最深刻的事情，王迈回想到了 2017 年在保利剧院的那场音乐会。在排练巡场的时候，他偶然听到了一位盲人叔叔与盲人阿姨的对话。盲人叔叔骄傲地对盲人阿姨说：“这首曲子我去年在音乐会上唱的时候，收获的掌声可热烈了！”已经过了一年的音乐会，还在成为盲人叔叔向别人展示自己的谈资，看着盲人叔叔自豪的表情，王迈很受触动。那一刻，他更加坚定了要把这个公益音乐会做下去的决心。

“还是那一次音乐会，蒲公英中学的学生在酒店大堂集合的时候，有一个小孩子跑到大堂卖蛋糕的地方，对自己的小伙伴说‘你快来，你快来’，然后指着里面精美昂贵的蛋糕说，这一定是有钱人吃的……”说这话时，王迈哽咽了，顿了顿，他又继续说：“北京其实有很多普惠性质的演出，但是他们的父母因为工作忙没有办法带他们来参观，所以我们组织的这个公益活动能让这些孩子有机会开开眼界，能让他们在北京最好的剧院听一次曲子，让他们拓展自己的视野，这是很有意义的一件事。”

看到过孩子们脸上洋溢着幸福的笑容，欣赏过盲人叔叔、阿姨悦耳的歌声，也见证过他们在舞台上的光彩夺目……这些，都是王迈这 12 年来最大的收获。公益给王迈带来的，不只是幸福与感动，还有一群志同道合的好友。对于王迈来说，公益将自己与别人绑定在一起的纽带不是任何的利益关系，而是价值观念一致，这样收获的友谊更加长久，没有那么多乱七八糟的利益掺杂，他们之间的友谊是最朴素也是最真诚的。这样一群来自各行各业的朋友，他们像星星之火，遍布在城市的不同角落，通过公益活动又聚合到了一起，点点星光汇聚成炙热的火焰，给这座城市带来无数温暖与感动。

“如果别人不感谢你，那你可能感受不到自己的善良。所以如果别人感谢你，你也要谢谢别人，因为是他们给你机会让你成为一个善良的人。”这是王迈在做志愿者培训时经常挂在嘴边的话，用来提醒自己，也用来提醒每一位志愿者。王迈始终觉得，如果一个人足够热衷于公益，就不要期待会有任何的回报，也不要觉得自己做公益就高人一等，每个人都是平等的。保持一颗感恩的心，感谢别人给自己机会让自己善良，不要将公益当作自我满足的良心税。

“公益对我来说就是生活中很平常的一部分，就像吃饭一样。”这是王迈对公益的理解。没有过多华丽辞藻的修饰，公益于他而言早已成为像柴米油盐一样平淡的存在，虽平常，但不可或缺。

刘苡青

走在面对生死的道路上
——刘苡青和她的临终关怀志愿者之路

◎采访人：李璟璐

刘苡青曾经在朋友圈分享了“死亡线上咖啡馆”的报名海报。作为一名临终关怀志愿者，刘苡青对“死亡”并不陌生。

梳着干净利落的短发、戴眼镜的刘苡青时常穿梭在充满朝气的大学生和垂垂暮年的临终者之间。在讲台上是一个充满活力的心理教师，在讲台下她也是北京十方缘老人呵护中心的义工、海淀医院安宁疗护病房的志愿者和“穿越生死的对话”社群的组织者。

“死亡的礼物”

穿着黑袍的“死神”手中托着一个黑布包裹着的礼物被递送在刘苡青面前。

“当死亡的礼物从天而降的时候，我一点都不喜欢它，我一点都不想收它，我不要它。”刘苡青笑着和这位黑衣人推搡了两下，不得已接过了那个黑色的包裹：“但是我没有办法拒绝它，因为这是老天爷送来的礼物。我没办法把它扔掉，我只能收下它。”

在十方缘之家的培训会上，刘苡青分享了“死亡的礼物”。

2011 年 9 月底的一天，刘苡青接到了小妹打来的电话：“姐，爸爸不好。”

刘苡青得知父亲吐血休克的消息，害怕骤然袭来，眼泪止不住地从她眼中流下来。

隔天，在从北京回家的长途汽车上，看着路边的树、树上的叶子、小草，刘苡青感觉自己顿悟了生命的意义。“生命就是呼吸，无论植物、动物、人，一呼一吸之间就是生命；生命不易，生命值得被温柔对待！眼泪不断地流下来。汽车在加油站停车休息，我走下车，轻轻地抬腿，轻轻地落脚，轻轻地抬起双手，抚摸我的脸颊，轻轻地迈步，轻轻地走路……”

经过一系列的检查，医生给出了遗憾的诊断结果——肝硬化晚期。

陪着父亲就诊的那段时间，害怕、悲伤、孤独、无助、绝望每天都包围着她。“至今我依然记得我站在病房外面的走廊，透过窗户往里看，看见每个病房的病人，还有散落在病房或走廊里的家属。我敏锐的心感受到弥漫在他们中间的无助：即使住在中国最好的专科医院，即使接受着目前国内最先进的治疗，依然被深入骨髓且无处不在的无助、无力、无依无靠的感觉包围。”在从医院回家的路上，她在害怕无助中煎熬，这样复杂而又艰难的感受陪伴着刘苡青跌跌撞撞地向前走。

刘苡青的父亲在最后的日子里问她：“有没有人知道死亡的过程是什么样的？”刘苡青愣住了，她不知道怎么回答，就打了个岔，把这个话题岔过去了。

每每想到这里，刘苡青都觉得十分遗憾。“也许我没有能力解答爸爸对死亡的困惑，也无力消除爸爸对死亡的恐惧，可是我可以和他谈死亡。如果我可以和爸爸谈一谈死亡的话，他就不用独自带着对死亡的困惑和恐惧孤单地离开了。”

“邂逅十方缘”

19个月的治疗，刘苡青和家人经历了艰难的过程。

正是那样对她和家人而言十分艰难的经历，在她的心里种下了一颗种子，这颗种子是希望、是愿景、是祝福，也是力量。“如果有一天我有能力去为这个群体患者、家属、医务人员等提供帮助、贡献力量的话，那一定在所不辞。”

刘苡青平静地说道：“我要努力做一些事情，帮助这群人，因为他们面对死亡会特别难。”

为了帮助这群人，刘苡青主动去网上寻找关于临终关怀的组织。看到“北京十方缘老人呵护中心”（以下简称“十方缘”）的信息让刘苡青喜出望外，“就在北京印刷学院附近，而且当天他们正在做新义工的培训。”她立即就去联系他们，然后当天就去参加了十方缘新义工的培训，就此开启了临终关怀志愿者的道路。

“每一个生命都是需要被呵护的”是十方缘的核心观念，所以参与十方缘的志愿者“不分析，不评判，不下定义，仅仅是爱与陪伴，就这样去服务，去生活”。

为了帮助临终者和临终者周围的人，她不仅参与十方缘活动的培训，跟着十方缘的老义工去陪伴老人，而且她还是海淀医院安宁服务的一名志愿者，会参与海医安宁的一些志愿活动。

刘苡青对一起工作的义工和工作人员有着很高的评价，她说和这样一群人在一起的时候，充分感觉到对生命的尊重和呵护，彼此相同的价值观、为了共同的目标努力的感觉都让她更加热爱这份志愿工作。在十方缘，大家一起做饭一起打扫卫生，每个人都是争先恐后地去服务，去贡献自己的力量，没有彼此。甚至打扫厕所都成为一个福利项目，大家都会争先恐后地去获得打扫厕所的机会。

“一个愿望”

生命的故事不仅带领刘苡青走进了临终关怀志愿者的行列，也让她萌生了一个愿望，这个愿望是让每一个人能够提前对死亡有一些学习和了解。

我们从小到大很少有机会去学习和了解和死亡有关的信息，正是因为我们对死亡的不了解，没有任何的学习和准备，所以当我们面对死亡的时候，就会特别慌乱，不知所措，无助、绝望、害怕、悲伤。

为了帮助人们能够提前对死亡有一些认识和了解，现在刘苡青也在做一个叫作“穿越生死的对话”的社群，在这个社群里面，他们会组织一系列活动，都是和生死有关的，活动的目标是希望通过对生死的了解，为我们每个人迟早都要面对的死亡做一些准备。

为了将关于生命的故事在一个特别的场合传播给更多的人，刘苡青和伙伴们一起去打磨分享各自关于生命的故事，导演、教师、十方缘的员工等来自不同职业的义工们凑在一起，一起去探讨如何分享自己的故事，去推敲怎样让这个故事更顺畅、更精彩、更能让人听懂。2018 年 10 月 14 日，在十方缘老人呵护中心的《陪伴》杂志发布会上，刘苡青作为作者分享了打磨好的故事。2018 年 12 月 14 日，在十方缘和中国殡葬协会青年与社会工作委员会联合举办的“关爱生命、礼赞生命”培训项目的启动仪式上，刘苡青再次和伙伴们分享了自己的生命故事。分享生命故事也被刘苡青带入了课堂，作为北京印刷学院的心理老师，刘苡青在教授大学生心理健康课时，在讲生命和死亡的话题时会将自己这些年做志愿服务的一些收获、一些积累，分享给同学们，让同学们也了解临终服务这一项活动。“同学们的反馈也挺好的，有同学说这一刻很难过，但这一刻让我学到很多。”

2020 年 10 月 7 日一场“生前告别会”在北京十方缘老人心灵呵护中心悄悄举办。12 名来自北京、天津、山西的伙伴参加了这次活动。刘苡青笑着和大家一起合照，她既是这场活动的组织者，也是这场活动的参与者。她带着大家从自我介绍、相互认识开始，分享我是谁，我为什么要来生前告别会，来这里希望得到什么。最后，大家一起回顾、讨论、分享这次告别会的内容。

“也许现在在这个时代，正是为生死教育做准备的时代。30 年后，也许生前告别会会成为家庭中常见的活动和仪式。”刘苡青如此说道。

现在这些志愿活动已经融入刘苡青生活、工作各方面，她也在做好面对生死的准备，一边走在自己面对生死的道路上，一边去服务。

黄馨仪

以真诚收获真心

——访中国传媒大学支教学生黄馨仪

◎采访人：符儒松

“你看看，这是我们和小朋友们的合照，但是我们得给小朋友们脸上打码，发朋友圈时要保护他们。”镜头前这位女生面露微笑，水灵的眼睛透着真诚。“这是我收到的一个孩子亲手做的‘彩色玫瑰’，这是一个孩子用橡皮泥做的‘猪肉’，哦！还有一个‘甜甜圈’，说是做给我吃的。”她轻轻滑动着手机屏幕，屏幕中全是她支教时拍摄的照片，她就是中国传媒大学英语专业大三学生黄馨仪。

用真诚之心，积极参与学校公益支教活动

“我想如果可以的话，我很想一直陪在他们身边！”这是黄馨仪在2019年全年支教感想中写的一句话。现在回想起自己当初报名参加支教的场景，黄同学记忆犹新：“当初招志愿者的时候有很多同学来面试，但三农学社只录了一小部分。对于会乐器、手工的志愿者，社团会优先考虑，此外社团还要求志愿者说话要条理清晰、个人亲和力要强，不过最重要的是志愿者对支教的态度，他们喜欢很真诚的。”

真诚的支教态度在于支教志愿者对支教事业发自内心的热爱，以及对孩子们真心实意的喜欢。回想起自己为什么去支教，黄同学说：“我去参加支教的初衷就是单纯想参加支教，为孩子们做些事，并且我觉得支教很有意义。”

黄馨仪现在是中国传媒大学一名大三的学生，在大一、大二时，黄同学都是中国传媒大学三农学社的社员。三农学社是中国传媒大学的志愿组织，在大一时，经过筛选黄同学顺利地进入社团的支教部，开启了属于自己的公益支教生涯。

黄同学支教的学校是位于北京市朝阳区的安民学校（定福庄校区）小学部，受教的孩子属于流动人口，都不是北京

的，孩子的父母都是外来务工人员。

大一、大二期间，黄同学每个学期都会和支教的小伙伴们在每周三下午到安民学校带孩子们唱歌、做手工、学画画，在大二上学期还参与了一个和支教同步展开的“同小朋友互相写信”的活动。

因为工作认真，黄同学在大二期间本可以升为社团管理人员，但她却放弃了这个宝贵机会，对此她轻描淡写道：“我只想去支教。”

细心、耐心对待孩子们

在合唱排练时，黄同学会帮着识字不全的孩子抄写歌词，在排练期间黄同学也会对着孩子们肯定地点头，给孩子们加油鼓劲。

班上有一个提前两年上学的小女孩，因为性格比较内向，不愿意表达自己的感受。每到提问环节黄同学就会鼓励小女孩回答问题，当小女孩终于鼓起勇气向同学们展示自己的成果时，黄同学也会及时夸奖她。

回忆起支教的场景，黄同学感叹：“孩子们很开朗，很积极。”她翻出两张照片，照片上是孩子们上课时积极参与的模样。“开朗的孩子们都很积极地参与课堂活动，每次课堂提问都会有一堆人争着抢着举手回答，回答问题会有积累分数，分数够了我们会送给孩子们像橡皮擦、笔、贺卡之类的小礼物。”

“有一次两个小男孩在课上突然大声吵架，其中有一个脾气比较冲的小男孩在我们去劝和时还是在恶狠狠地说话，我轻轻地拍拍他的肩膀，拿出轻黏土（教学道具）给他，翻课本给他看很多轻黏土做的造型，问他喜欢看什么动画片，之后我们俩合作捏了一个他喜欢的造型，不一会儿他气就消了，继续和同学们合作做手工。”

说到此处黄同学笑了笑：“我觉得小朋友比我们想象中要懂事和成熟，对待他们不能太像对待小孩那样，要真心以待。”

“等他情绪平复了以后，我就告诉他刚才的行为是不对的，同学之间有什么不愉快要好好解决而不是吵架甚至打架，你看现在和好了，是不是觉得刚刚的事情也不是多么令人生气呢？所以以后不要轻易动怒，放平心态，他也点点头。”

收获孩子们真心回应

“我最开心的是每周三都可以和大姐姐们玩”“大哥哥和

大姐姐今天你辛苦了，上你们的课我很开心”“谢谢你，老师给我们带来许多快乐”“大姐姐，大哥哥，有时间希望你们再来上课”……这些是孩子们给黄同学所在的这一批支教志愿者团队写的一些便利贴，充满真诚的字眼加之孩子们童真的口吻是对支教志愿者的肯定。

当翻看到这些便利贴时，黄同学感叹：“支教的时候，最温暖我的当然就是小朋友们的真心啦！”

有一次在准备合唱排练的时候，黄同学帮几个小男孩抄写歌词，黄同学边抄写边对他们说：“我帮你们抄得这么认真，你们也要认认真真地唱歌哦！”这几个小男孩认真地点着头，卖力地唱着歌，在唱歌的时候这些小朋友还会偶尔悄咪咪地找寻黄同学的视线，黄同学会很肯定地点头回应，小朋友们就继续卖力地歌唱。

“小朋友就是这么单纯可爱，他们获得了我对他们的好之后，就想要同等回报我，用一颗真诚可爱的心一次一次地打动我！”

聊着聊着黄同学突然想起一个场景：临近支教尾声，倒数第二次下课时，她对同学们说这是我们最后一次在教室里上课了。下课之后，一个小女孩就把她的一包小辣条送给黄同学。

“小辣条被她的小手捂得热热的，这温暖从她的手传到我的手，一路到我的心。”

“甚至还有一个小朋友听说我明年不带他们之后，还说要为我留级。”

当谈到她大二上学期参与的、和支教同步展开的一个“互相写信”活动时，黄同学说：“小朋友很真诚，你给他写的东西他们都会认认真真看，然后回复你。”说着黄同学便翻出当时的朋友圈，朋友圈里记录着她与小朋友两次互相写信的信息。

有一次黄同学给小朋友写信开头是“希望你收到这封信的时候是愉快的心情”！小朋友回信的开头写着“小仪姐姐，我每一次收到你给我写的信，我都很开心”。还有一次在信中黄同学提到她遇到一个伤心的事，小朋友在回信的结尾写上“祝你接下来年年快乐。不要悲伤，要开心”。

提到参加支教的感受与启示，黄同学思考了一会儿，她默默点开手机里的合照，边翻页边说：“小朋友对待我们支教志愿者都很真诚，我们志愿者也要真诚以待。”

“支教是一件很有意义的事情，在自己力所能及的范围内可以做一些回报社会的事情是很美好的，在小朋友们身上真诚地投入时间和精力是不会错的。”

对于自己的未来，黄同学说：“未来我有从事教育工作的打算，我也希望自己能保持不忘初心的真诚。”

张梦雪

渺小的光芒万丈

——记厦门大学“战疫无忧”云辅导志愿者张梦雪

◎采访人：李欣蓉

2020 年，新冠肺炎疫情暴发后，全国各地开启紧急疫情防控措施。

“逆行者”们背上行囊，踏上了前往武汉的列车。留在家里的人们每天提心吊胆，他们牵挂着远在抗疫一线的家人。

可是那些逆行者，心里又何尝没有自己的牵挂，他们担心年迈的父母能否睡个好觉，挂念年幼的孩子是否会认真学习……当世界把所有目光都聚焦于这些可爱的逆行者身上时，也有一群人悄悄地注意到了他们的牵挂。

你守护世界，我守护你

让作为家长的人们牵挂的，其中有一项必然是孩子的学习。

甘肃省疾病预防控制中心的于鲲主任在电话中向记者讲述了他在新年期间的加班工作情况。于鲲主任表示，2020 年新冠肺炎疫情暴发后，兰州大学第二附属医院等众多医院前后共派遣六批医生奔赴武汉抗疫前线，共计 2000 余人。而留守甘肃的医生们，包括于鲲主任，在大年三十的晚上被紧急召回，在疫情专用病房的医生 24 小时隔离。隔离期间最担心的就是家里年幼的孩子，担心他们是否衣食无忧，有没有认真学习。但是担心也没有用，除非疫情结束，所在地清零，不然他们是不能回家的。

厦门大学数学科学学院的志愿者们发现了这个只有少数人关注的问题。在这场没有硝烟的战争中，不只是冲锋陷阵的英雄值得被关注，那些在背后为了英雄默默付出的人也同样值得我们关注。

来自厦门大学数学科学学院的张梦雪同学是本次“战疫无忧”云辅导活动的负责人之一。从对她的采访中我们了解到，厦门大学数学科学学院最初组织该活动，是因为在2020年2月9日上午厦门派遣了264名白衣战士出征驰援武汉，在分别之际一位母亲抱着正在上初一的孩子默默流泪，令人触动。由于疫情防控政策，大部分志愿者不方便外出，于是便有了线上辅导活动。

身为志愿者的张梦雪同学以负责人的身份参与了这次活动，她表示2020年新冠肺炎疫情暴发后，在家也没有给前线的志愿者们帮忙的条件，通过各种渠道了解到医护工作者们的奔波忙碌，有机会可以帮助他们，让他们的牵挂少一点，也算是为抗疫情工作做贡献。他们是数学专业，之前也有为高三学生辅导数学作业的活动，因此他们产生了云辅导的想法。

张梦雪的主要工作是负责与不同学院的同学及家长对接，及时了解他们的授课情况，确保授课的质量。由于志愿者有限，无法帮助所有医护家庭，在挑选帮扶家庭中，优先考虑武汉的医护家庭。

“我们在联系家长的过程中发现大部分家长都没空来照顾孩子。”张梦雪忧心地提到了她自己的亲身经历，“我之前的同学也是，家长都是医生，没空管他。”张梦雪向我们介绍，不仅是疫情期间的医护人员没有时间陪伴儿女，医护人员因为工作需要经常会加班或值夜班，早出晚归，无暇顾及儿女生活和学习，只能将孩子扔在家中，由老人照顾。张梦雪在采访过程中表示，大家正在思考是否能有更好的办法彻底解决这个问题，让这些可爱的人们“战役无忧”。

张梦雪和记者分享了活动向全校推广的起因。在与受助家庭的沟通中，有家长表示因为孩子数学成绩较好，希望有擅长英语或者语文的志愿者授课。“因为我们是数学专业，不擅长语文，所以还是觉得中国语言文学系的同学更适合授课。”于是数学科学学院的同学决定联系人中国语言文学系、外文学院等不同专业的同学们一起利用自己的专业知识帮助医护家庭，并且在有其他学校学生的能力达标的情况下也邀请他们加入，一起为这次云辅导活动添砖加瓦。

风雨同舟，携手并进

“云辅导”活动不仅吸引了来自不同学院的志愿者，厦门大学第 2021 届、2022 届研究生支教团的成员也主动加入了“云辅导”活动中，他们纷纷表示，要让研究生支教团的志愿精神在这个“特殊”的寒假继续闪光。

经过半年的实地教学，2021 届的队员们积累了丰富的教学经验。但相比于普通同学，他们不仅要担负起所支教地的网上教学任务，还要抽出自己的课余时间对医护人员子女进行辅导。然而他们却觉得既充实又有意义。

2022 届的队员们虽然还未前往支教地，但他们已经在厦门大学附属科技中学进行了为期两个多月的实习，也有着较丰富的教学经验和方法。

除了对这些孩子们进行学业上的指导，志愿者们发现他们更需要的是关爱和陪伴。因此，对孩子们的心理陪伴也成了辅导的重要部分，对孩子们而言，志愿者们亦师亦友。他们与孩子们分享兴趣爱好，倾听孩子们的小心事，教孩子们画画、唱歌，渐渐地成为无话不谈的好朋友。

疫情无情，但人间有情。

2020 年 4 月 8 日，武汉正式解封。封闭了 76 天的武汉终于迎来了解封的日子。在这个樱花盛放的季节，大批医护人员开始返回家乡，回到自己熟悉的岗位。

在家里，迎接他们的是家人的拥抱。春暖花开，合家团圆，当父母回到孩子身边，看到在志愿老师辅导下的功课与成绩，脸上露出会心的笑容。

在你保护世界的时候，就让我们来守护你的家人吧。

张立娟

孩子的成长　张立娟的修行

◎采访人：田　雪

张立娟是廊坊市启仁科技有限公司的一名 BIM 工程师，也是北京市仁爱慈善基金会的一名志愿者。她曾说过：“只有自己经历了，才知道公益这条路是一条越走越宽阔的大路”。

源于热爱

“做公益，我碰见了，就去帮一下。”

2012年，上大二的张立娟参加了学校社团组织的义工活动——去敬老院打扫卫生，陪伴老人。就这样，她开始接触到公益活动。在之后的四年里，张立娟都有断断续续地做着公益。

“没有什么特别原因走进公益，只是我喜欢做公益。”

2016年，经廊坊老乡介绍，已经工作一年的张立娟加入北京市仁爱慈善基金会，正式迈入公益行业。张立娟参加的项目是仁爱·儿童救助，主要是负责孤残儿童医疗救助、爱心物资募集、送爱心母乳及日常陪护关爱等公益活动。

缘分的开始

“第一次接触孤儿院的孩子们时，他们是那样的脆弱和敏感，一个不经意的眼神和动作就有可能伤害到他们的自尊心。”这让张立娟意识到，对待这些小天使不能戴有色眼镜，要做到“一视同仁”。后来，张立娟有空就会来陪伴这些孩子，教他们绘画、识字，给他们讲故事、打扫卫生。

不知不觉中，缘分早已注定。

那是2017年的一个夏天，张立娟像往常一样去孤儿院看护可爱的孩子们。由于工作的原因，她已经有半年时间没来过了。“我第一次看到那个宝宝时，她还是几个月大。进屋的时候她正在哭，我还没伸手去抱她，她却伸手让我去抱。”张立娟说。这是小宝宝来到孤儿院第一次允许有人抱她，而且只有张立娟抱，她才会停止哭泣。因为一出生就半身瘫痪，没有知觉，所以那时的她不会爬，不会坐，更不会翻身。院长找来了专业按摩师，每天给她按摩两个小时，孩子恢复了知觉。后来张立娟每周都会去看她，陪她练习站立，练习走路。看着孩子的身体越来越健康，张立娟也感到十分开心。时间越久，感情也越来越深。张立娟萌生了一个念头——领养这个跟她长得很像的孩子，但由于条件不符合国家的规定只好作罢。“在她三周岁时被人收养了，我再也看不见她了。”虽然再未遇见，但张立娟依旧很知足，因为从院长那了解到孩子现在过得很好，养父母很爱她。

“做公益看似是在帮助别人，其实是在帮助自己成长。”以前的张立娟更多地把自己当成孩子，“在别人面前去刷存在感，求关注度”，但跟孩子们在一起的时光，让她渐渐发现，自己是孩子，他们更是孩子，自身“需要学会身份上的转变，变成一个大人去呵护他们”，从而承担起那份责任。

做个好人

“我把志愿者列为一个跑腿儿人员，就是传达信息的，跟他们那些捐款的人比，我们真的不算什么。”张立娟笑着说道。

2018 年 9 月，张立娟到承德出差，住在承德医学院附属医院附近。当时，她正在医院里检查工程质量，偶然看到了一位穿着朴素的妇人，妇人愁眉不展的神情吸引了她的目光。出于敏锐的直觉和丰富的经验，张立娟上前询问了她的处境，后又找到主治大夫和值班护士，了解了这个家庭的情况。

原来，这位母亲有个两岁的孩子，名叫明力，不幸患有先天性巨结肠。这个疾病导致小明力的肚子鼓得像是十月怀胎那样，并且不能正常排便，十分痛苦。小明力本应该在刚过完满月后就做手术，但由于家庭贫困，只能一拖再拖。这对母子一天只能吃上一小碗粥，所以不到一万块钱的手术费对于他们来说就是天文数字，根本无力负担，导致小明力错过了最佳的手术时间。每次病情严重时，父母只能带着他，到医院做简单的灌肠治疗，以保住性命。当小明力两周岁时，病情不能再拖了，父母到处借钱，办理了住院手续，但入院不久，他的治疗单上就欠费了。在核实确认了小明力的病情后，张立娟当即把情况上报给了仁爱·儿童救助项目部，提出医疗救助申请。很快总部就批准了申请，拨款两万元，并组织当地志愿者开展救助行动。不到一周的时间，孩子就顺利完成手术，重获健康。

“我知道这社会还真的有好人，真的会在你绝望、挣扎在生死边缘的时候，伸手去拽你一把。”而张立娟就是这样的好人。

怀善心，存善意，行善举

“为什么亲生父母会因为一两万元的手术就能好的病，而抛弃孩子？”张立娟眉头紧锁，十分困惑地说。

她在救助儿童时，碰到了好多因为唇腭裂或是一些小疾病而被抛弃的孩子。“因为他们砸锅卖铁也拿不出这一两万元，把孩子抛弃到孤儿院门口，这孩子就能活下来，不会因为父母拿不出一两万元的手术费而丧命。”张立娟的朋友是这样回答她的。

“刚开始接触那些天使会去可怜他们，但现在我看见他们是在想怎么让他们快乐起来，跟正常的孩子一样。”张立娟说，看着孩子们快乐、健康的成长，就感到很知足。

“大年二十九，其他人都回家过年了，没想到我还在这条路上奔跑着。”张立娟在得知山西应县的某孤儿院急需物资后，立即与另外一位志愿者拉着一车物资赶了过去。“我只是想着，早点把物资送到，孩子们就能有吃的，有穿的。”

“做公益就是在遇到困境时做好修行。”随着岁月的累积，经历的事情越来越多后，张立娟渐渐认为孤儿院的孩子虽然被父母遗弃，但是他们会得到更多人的爱，这个社会并没有抛弃他们，只是从两个人的爱变成更多人的爱。

孩子们脸上天真的笑容温暖了张立娟，她感叹道：“因为孩子，让我更有动力去把公益之路坚持走下去。”

郭笑妍

滋养初心，淬炼灵魂

——郭笑妍入滇支教

◎采访人：宫思嘉

她，手指点过屏幕中的一张张图片，嘴里不停地讲着这一张张照片背后的故事。午间的阳光透过玻璃直射而来，室内的温度已经有点热了，看着她被阳光晒得有点微红的脸，似乎也能感受到这一张张图片背后那段热火的青春，那个炙热的地方，和她那一年满满的热情。

2015 年，在首都师范大学读大四的郭笑妍，听到学校有支教名额后十分欣喜。但当得知竞争比例达 3000：24 时，她开始犹豫了，自己只是一名普普通通的大学生，虽然学习成绩还不错，但性格内向，不擅交际，与一同竞争的同学们相比她也显得没有那么出类拔萃。

“不行，你不能这么没有自信，可以选不上，但竞争的机会不能放弃，什么都要去试一试。”郭笑妍回忆着当时老师鼓励她的话，她说，就是老师这番话让她愿意去试试。在发布最终名单的那一天，她看到了自己的名字，感到非常惊喜。“你知道吗？我根本不敢相信啊，太惊喜了，太惊喜了，太震惊了！”她的眼睛里放着闪烁的星光，一遍遍强调自己的愉悦心情。

在准备出征之前的日子，郭笑妍说，只能用期待和紧张来形容。她的手随着描述开始挥舞，似乎在比画着当时自己对支教的蓝图。“我开始真正去关注支教到底是做什么，然后真正去思考公益活动能让我展示什么。同时我也在想着，德宏这个城市是什么样的，那里的孩子需要我带给他们什么？我可以适应那里的生活吗？我真的可以完美地完成这项任务吗？”

时间不由得她再思考太多，2015 年 7 月 24 日下午 2 点，经历了 46 小时的颠簸，他们终于到达了云南省昆明市。刚下车，迎接他们的就是为期一天半的支教培训，而后他们就匆匆来到了支教地——云南省德宏州芒市德昂乡九年制学校和芒市第八中学。紧凑而充实的时光，让地域的差距，生活环境的巨变在这忙忙碌碌的两天之内显得微不足道，但当他们一切都放松下来，开始真正接触这真实的生活时，问题才刚刚显现。

没有电，没有水，没有网络，即使她已经做了很多心理建设，但是心理落差依然很大。“我也查过当地的情况，知道那里很穷，我也做好了准备，当时就想再穷能穷成什么样子呢？”她说着苦笑了一下，摇了摇头，“还是没有太大的见识，当时真的有点接受不了。”她想着环境已经这么差了应该没有什么更糟糕的事情了吧。但事实是，她低估了未来的困难。

和生活上的困难比起来，如何教好这些孩子给她带来更大的挑战。作为一个非师范生，克服紧张站上讲台，以及如何帮助孩子们学知识让她焦虑。“因为都是少数民族的孩子，所以他们说的话我听不懂，我说的话他们也听不懂；一个小孩哭了，所有的小孩也都会跟着哭。两周时间我嗓子就哑了，就是你会非常迫切地想和他沟通，但是沟通不了。”她说着皱起了眉头，语速变得很快，字里行间透漏出自己当时的急迫与无力感。

因为支教地的特殊性，郭笑妍不仅仅需要教学前班的孩子学汉语，还需要给小学三年级到六年级的孩子教英语，给初中的孩子教信息技术。

“不同的孩子教育总是不一样的，但在教初中孩子的时候我实在很崩溃，无力，甚至怀疑过支教的意义。”郭笑妍在说这一段话时显得很严肃，眼神中充满迷茫与无奈。她说，当自己教初中的孩子时才发现，孩子们比较大，都有自己的想法。一方面自己很难左右，而且在他们认为自己在学校里最大，自己可以做主；另一方面，他们认为初中毕业了就可以出去打工挣钱了，自己也马上步入社会，老师并不能管他们。

这样的现实让当初踌躇满志，想要改变支教学生现状的郭笑妍感到深深的无力。但与此同时，她也想开了，既然改变不了现实状况，那就尽自己所能给学生带去更多的东西。

“我能改变一个学生就尽全力改变一个，如班里有 30 个学生，我最后能影响改变 5 个人，这就会让我非常有成就感。”她的表情严肃而认真，真挚而坚定。

于是，她决定先解决语言沟通障碍的问题。郭笑妍发现班上有个女孩的母亲是汉族，她会汉语。她想，或许这个小女孩可以帮到自己。

“于是，我就让这个会汉语的小女孩来做我的小翻译，这样就可以和他们沟通了。然后，我把我的 iPad 放在讲台上通过小的扩声喇叭放出声音，七十多个孩子就盯着那么小的一个荧幕去看动画片，瞬间就安静了。其实这是因为他们家里有电视机的可能也不是很多，所以当他们看到一个动画片会感到特别新奇，所以他们慢慢地接受了我这个老师。小孩的学习能力非常强，所以差不多两周的时间，他们就可以讲汉语了，我们之间也可以正常交流了。”

问题一点点解决，她也放下包袱，开始尝试享受这段难得的支教生活。

“我们一次次地家访，不断与家长沟通交流，看着在我们的影响下当地人民开始关注孩子的学习，我们获得的是满满的成就感。”而在这样淳朴清贫环境下郭笑妍也觉得自己的灵魂得到了洗涤，“这些孩子们特别质朴，特别纯真，没有那些乱七八糟的想法，他如果喜欢你，他就会下课给你塞小纸条，上面就写老师我很喜欢你。而且当地人民也很好，十分热心，我们需要什么他们会很努力帮我们办到，记得当时学校这边没有快递，有一户人家就说让我们把快递地址写到他们家，他们帮我们去外面取快递。”

这些生活细节给郭笑妍留下满满的感动与回忆，但更让她惊喜与难忘的是那些因为他们而有所改变的孩子。

“他是一个来自缅甸的同学，算是借读，他可以读到初中但没办法参加中国的中考，我们互相加了微信，在我回到北京后他发了一条微信给我说道，‘老师我要回缅甸了，但您对我的影响特别大，我回到缅甸还要继续读书’。我觉得这句话是对我的最大肯定。还有一个学生是今年刚刚参加完中考，我支教时他上五年级，他考上了当地的一个专科学校，他发微信说，‘老师这次我没考好，我还想继续上学以后考一个大专。’即使我离开那里五年了，但这个学生还记着我，这超出了我的预期。”

支教的这段时光在郭笑妍的求学生涯中只是很短暂的一年，但郭笑妍说：“虽然很短，但对于我一生都有很大的影响，都说支教是一个公益活动，奉献自己，帮助别人，但我觉得支教不仅仅是我给予了他们，更多的是互相的给予，互相的成长。对于整个支教事业来说，我们学校的支教项目只是很小的一粒尘土，而我们这一年的支教活动作为这个学校开展十多年的支教项目来说，也只是其中平凡的一年，但我觉得就是这样平凡的每一年，不断地有人来接力，不断地在这粒尘土上堆积，即使效果没有那么立竿见影，但也可以看到一届届、一年年支教人带给这些支教地的变化。”

她的眼睛看向远方，流露出些许感慨：“支教也让我们对教师这个行业有了更深层次的理解，是芒市的孩子们让我们体会到了教师的成就感和欢乐，而我这辈子都忘不了，那个与他们一起过的我人生的第一次教师节。”

现在的她还能收到来自芒市孩子们的问候。她说，是这些孩子给了她后来选择做一名人民教师的信念，也是这些孩子不经意间的问候，让她现在更有动力教书育人。十多年过去了，孩子们也长大了，而她也在华东科技大学讲师这个岗位上继续奋斗着。

杜艳阁

奉送“心”粥的人

◎采访人：牛佳欣

“请喝一杯爱心粥！祝您一天好心情！”自 2015 年加入仁爱心栈这个温暖的大家庭以来，每个清晨，杜艳阁节假无休、风雨无阻地向路人、社区居民免费奉送热腾腾的爱心粥。

步入 21 世纪，社会飞速发展，经济日益繁荣，人们的脚步也日趋加快，越来越多的都市人成为“都市忙人”。他们在工作日早晨没有时间用早餐，这已成为现代都市的普遍现象。如何关怀这些“都市忙人”？出于这样的思考，北京市仁爱慈善基金会成立了以“倡导身边慈善，关怀都市忙人”为宗旨的仁爱心栈奉送爱心粥项目。

刚诞下新生命的杜艳阁，回想起刚加入心栈时的那段时光，感慨良多。“在加入仁爱心栈之前我对工作和生活是很消极的，总是抱着差不多的心态去面对，生活上总是不愿意多付出。后来听姐姐介绍说这个团体特别正能量，我就抱着试试看的心态加入了。如今能成为王府井心栈的栈长，真的觉得是很久远的事情了。”

无畏黑暗　无惧寒冷

北京凌晨四点格外漆黑，很少在这个时间点出门的杜艳阁，难免心里紧张了起来。小区里昏暗的几盏灯，路上十分安静，没有一个行人。迈出楼道门的脚，犹豫了一下，但她立刻又想到，熬粥不能耽误，奉粥不能耽误。便紧了紧围巾，抓紧车钥匙，一路小跑到自己的车位前。在成为栈长前，这是杜艳阁每天早上都要克服的恐惧。守时、服从管理，遇事不乱下结论，以倾听代替批判是仁爱心栈必须遵守的原则。为了能够服务到需要赶早班的“都市忙人”和离家远的学生，以及辛勤工作一整夜的环卫工人，奉粥活动总是开始得特别早，早上七点就要到达岗位，奉上一小时的粥，八点准时结束。担任熬粥的职位更是要在凌晨四点开始。放弃了全部的节假日和公休日，所有晨起出门时的恐惧和疲惫都在打开粥桶盖子的那一瞬间消失了，热气腾腾的景象；奉粥现场，志愿者一起递上一杯温暖的粥；一张张温暖的笑脸……“第一次奉粥的经历让我明白了一个道理，生活也像奉粥一样，虽然充满了各种磨难与考验，但是最终都会在其中收获感动，以前的我从来没有去注意这一点。”杜艳阁感慨道。

杜艳阁认为做公益表面看是帮助别人，其实最大的受益人是自己。她用自己最大的坚持奉献了全部精力，并收获了满满的爱心。由于连续三年从未发生迟到早退现象，如今的她已经成为街坊四邻口中的“杜大侠”，同时也成为仁爱基金会王府井心栈的栈长。

线上奉粥　无粥之“粥”

七点上线，进入网络会议室，杜艳阁开始了每天半小时的“线上奉心粥”活动。受疫情影响，全国所有心栈从 2020 年 1 月 25 日起全部暂停奉粥活动。春节期间线上交流，并借此机会多多陪伴家人，践行时时慈善、感恩慈善的理念，为身边的人奉上一杯“无粥之粥”的爱心传递。当天的主题是分享一件奉粥时感动的事。会议主持人首先分享了杜艳阁老师的一个小故事。一个寒冷的冬日早晨，奉粥完毕，杜老师把粥车骑回熬粥的餐厅，清洗粥车。由于那天的粥车外体较脏，撒漏的粥有些多，杜老师到餐厅里打来热水，擦拭粥车。但天气太寒冷，加上粥车车体都是金属的，撒漏的粥都冻在了车上。用抹布擦了之后，前面还没擦干净，后面跟着就冻上了。即便如此杜老师也没气馁，又打了些热水，反复擦拭起来，手也冻得通红。眼看着上班就要迟到了，几十岁的人，急得直抹眼泪。可就是如此，杜老师也没有想着把粥车扔那儿就不管了。

在杜艳阁看来，无论是在现场奉爱心粥，还是在线上奉无粥之粥——“心”粥，都能感受到志愿者们内心的光明和温暖！他们会定期举办线上志愿者成长读书会，也会互相分享彼此的志愿心得。这些暖心的事迹就像一杯杯粥，温暖了志愿者们的心，也坚定了他们的信念，他们会通过公众号的形式，把自己获得的“粥”通过网络传递给其他人，让他们不畏疫情带来的恐惧，多去留意身边的美好。在结束了每天线上奉粥后，出门上班。天气预报显示有明显降温，体感很冷，但是内心却是暖暖的……杜艳阁将开启一天的好心情全部融入这一杯“粥”里。她常说奉粥并非物质上的帮助，而是精神上的关怀，启发人们关怀彼此的善心，连接人与人之间的信任。

喝粥者　奉粥者

奉送爱心粥项目在全国各地57家心栈每天奉送免费爱心粥数千杯，每年参与志愿者超过数十万人次。仁爱基金会奉送爱心粥项目现已成为市民、大中小学生、企业和公益组织实践善行的热选基地。志愿者们在奉粥之余还在奉粥点周边地区开展捡拾垃圾等环保活动。

杜艳阁希望，无论是市民、大中小学生、企业员工、公益团体，还是都市流浪人、农民工、空巢老人，都能在奉送爱心粥中感受到爱，同时由喝粥人变成奉粥志愿者，又从奉粥志愿者参与到仁爱的助学联谊、冬季送温暖等活动中，最终成为真正的慈善公益实践者。她永远忘不掉那位通过喝粥变得爱说爱笑的流浪者，曾经衣衫褴褛对生活失去希望的他居然有一天也加入了奉粥的队伍，最后在志愿者的帮助下居然开始工作了。“我第一次见到他时，他还在美术馆那条街上捡瓶子，那时候天多冷啊！寒冬腊月的，他穿得又那么少，衣服也破破烂烂的。我就多留意了一下，给他悄悄留了一杯。奉粥结束的时候我就把那杯粥给他送了过去。他好像有些惊讶，但是眼睛亮亮的，很感动。”杜艳阁回忆起第一次见到流浪汉时的情景。如果不是遇到了杜艳阁，这位流浪汉的捡瓶生涯恐怕还要继续下去。

经过杜艳阁的引荐，仁爱心栈的志愿者们都认识了他，也会关照他一下。而流浪汉也自觉承担起了奉粥的活动。“我不能白吃白喝，你们这个团队这么好，我也得做点什么才行。”经过一段时间的接触，杜艳阁发现，这位流浪汉为人十分诚恳，每当给他一些恩惠，他总是迫不及待地提出做一些义务劳动来回馈。就这样，他从他们的帮扶对象被吸收成为志愿者的一员。

在杜艳阁的劝说下，流浪汉也找到了一份工作，他在一家便利店打零工，一个月下来，也有了 1000 元左右的收入。“无论他经历了多少苦难，却始终有一颗积极向上的心！”杜艳阁这样评价道。

“请喝一杯爱心粥”，这是他们对每个人的问候，“祝您一天好心情”，这是他们对这个世界的祝愿。有这样一群人，他们用微笑去感恩昨日、面对今时、迎接明天！

吴志勇

陪伴着你，安详地走向最后

◎采访人：郑玲玲

陪伴，从这里开始

“在这个社会上，尽力去做一点点对社会有益的事情。尽力去做一点点，也不一定能起多大作用。”笑着说出这话的吴志勇老师并不起眼，却有一股穿透人心的力量。

2017 年一个偶然的机会，和朋友吃饭的吴志勇得知朋友在北京协和医院做病房陪伴，就赶紧让她推荐一下。后来，吴老师很幸运地跟随北京协和医院宁晓红大夫做一个亚太缓和医疗调研，在调研过程中接触到安宁疗护。看到大部分生病的人陷入恐惧，深感患者和家属无助的吴志勇就此加入了安宁疗护志愿者团队。同时，不是很忙碌的工作和妻子的理解，也让吴志勇更有余力地在业余时间做一名志愿者。

安宁疗护志愿者面对的都是走向生命尽头的患者，其志愿团队的理念是对生命的尊重与珍惜，让人生最后一段路程过得安宁、平静、有尊严。同时，安宁疗护以缓和医疗理念为核心，重视病人与其家属的身体、精神、社会需求，以药物及其他心理、物理等办法尽可能地舒缓身体的各种疼痛和其他不适，尊重患者选择和维护患者尊严。

为了做好这种有风险的临终陪伴，志愿者不仅要接受资深的志愿者老师的培训，还要遵守一些严格的基本要求。例如，未经家属和大夫的许可不能去碰病人，要看具体情况对病人进行安抚；不允许向病人介绍药、介绍大夫；不准有任何的商业行为；为了志愿者和病人的安全，不允许单人进行陪伴，且每次陪伴时间严格把控在一小时内。

除此之外，安宁疗护对志愿者还有一个基本要求：服务前不受任何事务影响，服务后不带任何情绪走。志愿者要尊重并理解患者的决定，不要把不良的情绪带回自己的生活里。对于如何把握与患者相处的度，吴老师有自己的心得，“老是牵挂病人肯定不行，顾不过来；面对一些负面的情绪、事物，出来就忘记，不要受影响；记得我们主要就是来陪伴的。”

陪伴，激发生命的欲望

2020 年 12 月 13 日，一个寒风凛冽的午后，以吴志勇、赵耀、车毅为主的五位志愿者前往和平里东街的一户家庭。

这次去陪伴的是施爷爷，94 岁高龄，也是吴老师陪伴的病人中年龄最大、持续时间最长的一位。对施爷爷的陪伴属于安宁疗护陪伴中风险最大的居家陪伴。在病房陪伴有医生护士，如果有突发状况比较容易处理。而居家陪伴，对志愿者要求很高，如何处理突发情况？如何和家属沟通？如何把握陪伴的时间和质量？如何界定哪些事情可以做哪些事情不可以做？这些都要和医生沟通，并参加专业培训才能做好。

“没想到会陪伴两年多，因为他的状态不好。去年国庆的时候，他老伴都以为他挺不过去了，结果他还好好的，一直到现在。”

而为了做好居家陪伴，吴志勇和其他陪伴施爷爷的志愿者可谓尽心尽力。

施爷爷是 1950 年的清华大学毕业生，但只有毕业证书，照片后来被撕毁。为了补上照片，陪伴团队的赵耀老师不辞辛劳地到清华大学奔波好几次，补上了照片，施爷爷看到照片后，兴奋得像个孩子，到处炫耀。

施爷爷还很喜欢回忆过去，他时常会反复地看那些让他感动的事物。为此，志愿者特地为他做了纪念册。一本整理、收贴了施爷爷和志愿者写的小纸条；另一本收集了很多记录着施爷爷时光的照片。

2020 年施爷爷病重，在医院里躺着动不了，可他很看重那次生日。医院里不方便搞活动，吴志勇和车毅老师就在医生护士的指导下，在外面组织了活动，邀请了很多志愿者老师，还表演了很多节目给施爷爷看，圆了施爷爷生日梦。

除了陪伴病人之外，志愿者也给患者家属带去了安慰。实际上，面对这些临终的病人，他们的家人也是手足无措的，很煎熬，压力特别大，在陪伴病人的过程中，对家属也是一种陪伴。

在施爷爷状态好的时候，志愿者会带着施爷爷和老伴出去玩，“要不是志愿者的安排，我连大门都出不了。”施爷爷说。带着施爷爷走出去很不容易，志愿者们要承担着很大的压力与风险，经过了专业医生、家属的同意，才好不容易获得出去的机会。带着施爷爷和他老伴旅游的日子里，志愿者安抚了疼痛的病人，也缓和了家属的疲惫。

在吴老师看来，志愿者陪伴施爷爷的时候，增强了他延续生命的欲望和力量。在陪伴施爷爷的日子里，这个豁达、浪漫、重感情，每天坚持写日记和学外语的老人也让吴志勇对自己的人生有了很多反思。

陪伴，尊重病人、抚慰疼痛的最好方式

“人临终的时候是会脱相的，不是你想象中和平常一样的，志愿者需要一个较强的心理素质，不然会害怕；而且大部分癌症患者都会很疼，情绪波动较大。”说到这儿的时候，吴志勇老师的声音有点低沉，带着些许无奈。大部分病人都不能说话，像施爷爷这种状态，可以说是特别好了。更多时候，志愿者只能放放音乐，说说话，或者唱歌跳舞，让病人知道有人陪着，安下心来。可碰到因为患病而痛苦的病人时，志愿者们也只能摸摸他的手，安慰安慰他。

2021 年春节前，吴志勇老师陪伴的一个老人，因为患病而引发了严重的疼痛，经常向女儿发火。吴老师很理解病人，知道他很疼很委屈，但没办法，也没地方去诉说，只能用激烈的方式去对抗。他说：“在疗护过程中，爱心和同理心是最重要的，一定要有同理心，要站在患者的角度。不能单纯依靠着一

腔热情去陪伴，更不能忽视患者的感受。”

还有些病人，临终时会讲一些让人不认同的事，他以前一直压抑着，临终的时候才能说出来。吴老师认为这是患者的一种客观的表现和情绪的释放，志愿者一定不要轻易反驳，更不要把自己的价值观强加于他。

受志愿经历和信仰的影响，吴志勇将死亡看得很淡，认为死亡是再自然不过的事情。“我们去陪伴他们并不是希望他们不死，主要是希望他们走的时候安详不痛苦，这样我们心里也会很安慰。”吴老师说，也因为这个，他更觉得生命的宝贵，希望每一天活着的时候，把每一天的事情去做好，该尽的责任都尽好。

面对处于绝症晚期、治疗已经没有意义的患者，家属并不愿意、也不敢轻易放弃治疗，尤其是面对挚爱之人，他们只能通过花费更多的金钱去为病人治疗，以此表达他们的爱意。可对于很多癌症晚期和其他患有不可逆转病情的病人来说，越治疗，越痛苦。

在这种病人和家属都遭受着极大的折磨情况下，缓和医疗理念的普及就显得很有必要。吴老师也期望更多人有这个理念，尤其是医护人员。因为大部分患者是没有这个概念的，只有医护人员有这个基本知识后，才能对患者有更多介绍。但医护人员也不容易，很容易让患者和家属误解为医生没有尽力，要放弃救治。因此，缓和医疗理念的普及在我国非常艰难。

北京只有几家医院设置了安宁疗护病房，且正处于试验阶段。但还有很多有情怀的医生、老师针对缓和医疗的理念在大力做推广。同时，北京协和医院和安宁志愿团队也一直在坚持开展相关的知识讲座。

“这是一个循序渐进的过程。”吴志勇老师的眼光有点悠远，仿佛穿过了几十年的时光，看到了家属和临终病人不再痛苦的未来。

周时雨

周时雨入吉支教：用心支教　用爱感受

◎采访人：关舒月

2013 年的秋天，东北师范大学大二的学生周时雨看到一个毕业很多年的学长在群里发了一条消息："最近学校要开展下乡支教活动，欢迎同学们踊跃报名。"丝毫没有犹豫，她报了名，连去哪儿都没问。后来，她才知道，此次支教地点是在吉林省蛟河的一个山村，叫靠山村。

条件苦　心里甜

周时雨在靠山村支教了一个半月，同行的一共有十位志愿者，五男五女。

村里支教，条件不用多说，真是想象不到的艰难：吃饭要一大早坐车去市场上买菜，回学校用炉灶烧火炒菜。几个大学生谁也没用过炉子，连烧火都不会，还要边炒菜边控制火候，好不容易才吃上了一口热乎饭；晚上睡觉大家就挤在农村的土炕上，男生一个炕，女生一个炕。山里的夜晚黑得伸手不见五指，女生更是连厕所都不敢去，只能在天黑之前解决；洗澡洗漱更不用提了，早上用水舀子接水洗漱，刷牙的时候水吐到地上直接就结冰了，一个半月更是连澡也没洗过一次。可是纵使条件这般艰苦，周时雨仍然乐在其中：山里的夜晚少了城市的灯光，星星看得格外清楚，一抬头就能看见满天繁星，感觉自己就在房顶上一样；第一次认识了这么多孩子，也是第一次当老师，使她深切地感受到了教书育人的快乐……

她说，支教很有意义，她这次来就是想看看农村孩子质朴的一面，山里的孩子都很天真淳朴，有些东西在城市里的孩子身上是看不到的，加上她本身就是师范学校的学生，所以很想体验一下教书育人的感觉。虽然当初毫不犹豫地就报了名，周时雨还是做好了心理准备的，早就想到了在山里支教肯定会十分艰苦，不过她对自己的适应能力很有信心，“没有什么是克服不了的，既来之，则安之。”

让孩子了解外面的世界

靠山村只有一个小学和一个初中，周时雨支教的小学里有很多家离学校很远的孩子，早上六点上学，他们四点半就要从家里走。“靠山村”村如其名，很多孩子来上学都要翻过、绕过一座座大山，可即使这样也阻挡不了他们对知识的渴望。周时雨在上课时常常给孩子们讲外面的世界有多精彩，孩子们一个个小眼睛瞪得滴溜圆，好奇得不得了，一个接一个地向周时雨提问：“老师，北京是什么样的？北京到底有多大？”“老师，你有没有照片给我们看看？”周时雨不厌其烦地一遍遍解释着，希望孩子们能深深被外面的世界吸引，这样就有动力去走出这个小山村。不过，也有一些孩子一转眼便把周时雨描述的精彩世界抛到脑后，一下课就拿着一个塑料袋，说：“老师，这里面有一只壁虎，你要不要？”

周时雨在支教的这一个半月里，尽其所能去帮助孩子们拓宽视野。她常常和支教老师们买一些图书和文具用品发给学生，孩子们对老师们的礼物也爱不释手。“有的学生家里条件不好，父母在外打工，只有老人在家管着这些孩子，所以他们从小就要帮着家里人干活。但是孩子还小，总不能一辈子都被困在这个小山村，只有学到知识才能拓宽他们的视野，才有可能改变他们的命运。”

真诚以待　用心感受

随着国家教育事业的发展，一批又一批的支教志愿者扎进了山村。可育人不是只靠激情与一时的心潮澎湃，更需要专业知识，这样才能系统地教孩子。周时雨认为，一颗热爱教学的心也很重要，支教要从怀着一颗真正帮助孩子们的心去出发，切忌三分钟热度。

支教的这段时间，周时雨和支教老师们每天都认真备课，虽然有时忙得不可开交，但每个人都各司其职，孩子们学得很认真也很高兴。正是因为周时雨的真诚以待，孩子们都很喜欢她，常常送给她小礼物：有孩子们亲手画的画、有孩子做的手写贺卡，还有几个调皮的小男孩抓的大蚕蛾……支教结束时，不管高年级还是低年级的孩子，全都泪汪汪的。虽然只相处了一个半月，但孩子们都很喜欢这个幽默活泼、善解人意的老师。周时雨留下了自己的联系方式，在回学校的日子里，也和靠山村的孩子们常有联系。“支教并不仅仅是我教他们知识他们听我上课，更是一条看不见的纽带，把我和淳朴天真的孩子们绑在了一起。”

不过，支教的过程并不是一帆风顺的，周时雨也曾受到过冷落：有一次支教老师们一起去一个学生家里家访，翻过了两座山，好不容易才到达。这个学生家里可以说是“家徒四壁”，连一件像样的家具都没有。周时雨和其他支教老师们给这个学生送了一些学习用品，却想不到被学生家长冷言冷语相对：“上一个支教的给我们送了自行车，我们都没看得上，早都扔河里了。我们不需要这些东西，要是想送，送钱就行了。”虽然心里很不是滋味，周时雨依然尽了老师的职责，了解了一下学生的家庭情况，并好好鼓励学生要努力学习，站得高才能看得远。

在靠山村支教回来后，周时雨仍十分挂念山里的孩子们。国家针对教育扶贫也采用了一系列措施，如开办“教育扶贫班”、剩余劳动力转移培训与就业扶贫、为国家扶贫重点县建立现代远程教学站、实施教育扶贫工程、设立教育扶贫基金等，对于贫困地区的儿童教育也有很多方面的补助，但是就目前来看，这些仍不够，任务还是十分艰巨。

在谈到对支教的看法与见解时，周时雨说，现在支教事业发展得越来越好，支教途径也越来越多，作为去异地支教的志愿者，要先充分考虑自身情况。偏远山区条件艰苦，能否适应与平日生活的落差，要提前想清楚。如今的教育事业发达，社会环境也鼓励大家去支教，这是一个公益的项目。去支教要具备很强的适应能力和足够的专业知识，支教并不是给自己的人生经历“镀金”，只有用心感受、真诚以待，才能真正地实现支教的意义。

王思林

以爱为翼　传递梦想与希望

——记大学生支教老师王思林

◎采访人：刘欢霄

又一次的课结束了，还未喝完的咖啡和铺满的草稿纸挤在了本就不大的咖啡厅桌子上。王思林一边拿着笔，计算着一道刚才讲过的数学题，在嘴里小声嘀咕着“这里还可以更简便”，一边皱了皱眉头开始翻起了一本教材思考着给学生留什么类型的课后作业。还未来得及整理完刚才的教学内容，就又加入腾讯会议中，开始接受我们的视频采访。

这是他迈入大学的第二年，也是他进行网络线上支教的第二年。

“受到师哥师姐的影响，也想通过支教来提升自我”

故事要从刚上大学的第一年说起。王思林一直觉得，“人生应该做一件有意义的事情”。在北京第二外国语学院学习德语专业的他，支教起初还不在他的大学规划之中。从小到大，性格十分内向的他在班中一直是个“小透明”的角色，在纷繁复杂的大学社团面前，他没有选择让男孩子们都十分热血激昂的运动类社团，也没有选择在新生中比较热门的学生会、广播站等校内组织，而是选择了和他性格十分相符，需要在背后默默付出的志愿者协会。也正是这次的选择，开启了王思林长达两年的线上支教经历。

“这是一种尝试也是一种锻炼。当我看到协会中有这么一个项目可以报名，我就想到了之前高中的师哥师姐，他们也在课余时间做支教活动，就想着自己是不是也可以先报名试试，虽然自己的专业不太对口。”担心自己无法给学生提供足够好的教育，他在家阅读了大量教育学、儿童心理学、心理学类的书籍，还在网上咨询一些以前教过自己的老师，做了充分的准备。

“我可能不太适合当老师？”

在做了充足的准备之后，王思林开始了学校志愿者协会承办的支教项目，对北京地区一些家庭贫困的小学生，以一对一的形式进行线上支教。这些学生由所在学校统一组织起来，与北京第二外国语学院的志愿协会进行对接，在学生的空余时间使用电脑在家中接受辅导。“利用现在的互联网技术，我不用离开学校就可以在没课的时候和小同学约好上课时间，打开腾讯会议就可以授课。”王思林认为现在虽然没有了路程和时间上的问题，但是支教刚开始的时候，教学上的问题成为他最头疼的问题，“课堂节奏不太适合我，给我一种难以接近的感觉。”初次授课后与小同学的沟通让王思林对自己产生了怀疑。“那个时候就觉得自己真的不太适合当老师，每天都焦头烂额。不仅要烦恼自己到底能不能教好的问题，还要处理学校一些琐碎的事情，感觉十分疲惫，甚至心力交瘁。”

支教路上不只有筑梦的激情和快乐，还有与世界硬碰硬的心酸与苦楚。有段时间，王思林对自己的教学内容、方式和风格都产生了怀疑。他原以为自己设计出了完美的教学计划，却很快碰了壁，“有些内容，你想到的和孩子们能感受到的，是不一样的”。

课堂纪律的管理也是很头疼的问题，原以为腾讯会议上一对一的形式，小同学就可以完全集中注意力听课。可结果不然，小同学总是集中不了注意力，东瞧瞧、西看看。“我原本特别不喜欢那些上课板着脸的老师。但是当我成为一名老师，需要控制整个课堂的时候，不板着脸是一件特别不容易的事。”

不仅如此，网络和设备的原因也困扰着他。由于校园中的网络不好，王思林经常要在授课时间找到一个人少的咖啡厅去“蹭网”。为了寻找一个授课的最佳位置，可能需要提前三到四个小时出门。

亟须解决的问题太多了。最难的那段日子，王思林在自我怀疑的井沿打转儿，甚至想过放弃，“我可能不太适合当老师？”

“孩子们的眼里有光，也有许多人都为之奋斗着”

临井，观井，他洞察内心，做了决定：自己不要就这么掉下去，“我不想违背自己的本心”。

在维护课堂秩序方面，王思林努力寻找办法，“我希望在我的课上，我们都可以畅所欲言，如果你觉得课程无聊枯燥，或者你觉得困了，咱们就稍作休息一会儿，等精神状态好了我们再来学习，这样效率更高”。除了正常的教学，王思林还经常在课后与小同学沟通，“你像我的哥哥一样，以后有什么烦心事我都会和你说。”手机上保存下来的和小同学一条条聊天记录成为王思林一直坚持为之奋斗的动力。在课堂上，对教案更加用心，对每一位小同学进行不同的教学计划，乃至性格分析，用什么样的语气可以调动小同学们的注意力，王思林从一些微小的细节开始调整，越来越熟悉的教学工作也不像之前那么困难了。虽然对着冷冰冰的屏幕，但王思林却觉得心里暖洋洋的。“孩子们的眼神里是带着光的，那是对未来最诚挚的向往。只有看到过的人才能体会到，我觉得那是这世界上最纯粹的东西。”

不仅孩子们令他感动，支教项目的负责老师也是让他继续坚持的动力。“有一次子夜一点多我将做好的课件发给负责老师，老师也及时检查课件并回复我，而且叮嘱我早点休息，真的很感动。这也让我坚定了继续支教的信念，更感受到这个团队的凝聚力和行动力。”

“扶贫先扶智”

支教的两年时间里，王思林感受到这些孩子们对知识的渴望。除了努力地教会孩子们课内知识，与他们成为朋友，让他们有更快乐的人生之外，他还经常与大学里的老师讨论教学方法，希望用先进科学的教学理念给孩子们上既富有知识又不失兴趣的课程。考虑到学生课程的延展性，本来被专业课程和学校实习工作“填满”的他，又申请了继续进行支教。

“支教是一次自我成长，是对自己的一次教育。不仅交际能力有所提升，而且对知识多了自己的主观思考。从课前导入、课堂补充到课下思考的模块设计，均对提升我的逻辑思维能力有所帮助。同时，感受到支教对于这些孩子的重要性，就会让自己承担更多的责任，更加努力地教好他们，与他们沟通。”

“穷人的孩子早当家”，在这群孩子身上，王思林对这句话的感受更为深刻，“这些孩子很早就懂事持家，但对于‘上大学’没有很强的概念，然而‘扶贫’首先要做到‘扶智’，教育的最伟大之处是，它是‘改变’的过程。扶贫扶智，需要支教老师们将精神层面好的内容传递给未觉醒的孩子。”

扶贫，还要扶智与扶志。扶贫先扶智，因为智是内因，是内力。扶智的最好办法就是通过教育让人们认识到造成贫困的原因，找到解决贫困的办法、途径和出路，这正是王思林希望通过支教传递给学生们的理念，让他们不断在学习的旅程中寻找到自己的梦想、感受到生命的希望。支教之路并非坦途，但走在善良的路上，王思林从不孤独，还有许多大学生也怀着同样的理想信念。有越来越多的大学生步入志愿活动的行列中来，不断地发光发热。

高一祯

高一祯入陕支教

——心有所往，终至所归

◎采访人：徐　晴

也许，人们对于医学专业学生的认知就是穿着白大褂、整天泡在实验室，与实验动物和药剂为伴。然而，来自吉林大学预防医学专业的高一祯让我们知道，学医也没有那么枯燥，大学生活依旧可以丰富多彩。

热爱可抵岁月漫长

喜欢是坚持下去的理由，因为喜欢，所以才选择做志愿者并且坚持参加公益活动。从大一开始，她就充分利用空余时间去做志愿者，初衷是为了认识一些朋友，去帮别人，虽然也有学校需要 120 个小时的志愿时长的原因。她说："其实很多志愿活动并没有关注志愿时长，就是觉得自己喜欢那个活动就去了。"比如，学校举办的"相对跳高跳远比赛志愿活动"，她在里面做的就是帮参赛选手量身高、记录成绩等。因为是她特别喜欢的协会举办的，所以她去做志愿者。除了比赛的志愿服务，高一祯还参加了血站服务等志愿活动，但是对她来说最有意义的还是在陕西的暑假支教活动。

支教，没那么简单

很多人都有过支教的想法，但是付诸实践也挺难的，她的支教之旅也不是一开始就一帆风顺。大一时她就和家人提过想去支教，家人刚开始不支持，担心支教的环境太过艰苦。但是最后架不住她的坚持与劝说，还是松口了。光是获得家人的支持远远不够，还需要支教的机会。

喜欢很难得，主动去追求自己喜欢的更加难得。支教活动是吉林大学某社团的志愿服务，召集志愿者也要进行面试。高一祯在参加了三次面试后才通过。在大二的暑假，她终于实现了支教的愿望。当她真实感受了支教后，发现想象和现实好像其实也没多少偏差，支教的地点虽然是山区，但是条件还不错。她最后和支教小组去的地方是陕西平利县洛河镇中心小学，去了之后发现教学环境和设施还是比较完善的，学校也很支持支教活动。有的家长听说能帮孩子辅导暑假作业就会比较支持孩子与支教教师互动。当时小学的校长还提供了专门的会议室，电视等设备很齐全，让支教人员当作办公室备课。

要去支教需要做的准备也挺多的，支教不是一件容易的事情，有人去支教是因为热爱和爱心。她说："支教不应该是为了自己，而是为了那些学生，明确做什么是对他们好的，然后去做那些事情可以切实帮助他们，而不是单单为了志愿时长而做一些事，这样可能会对他们造成困扰。"经历过家人的反对，艰难的面试，克服心理障碍后，她才知道原来支教没那么简单，但是因为她的坚持不懈，她还是开启了陕西支教之旅。

高一帧在此次支教活动中担任的是健康教育的老师。在炎热的暑假，她带领学生们在教室上课，站在讲台上穿着休闲服的她，态度温和，通过提前准备好的 PPT 进行讲课，教授他们关于人体的医学常识。孩子们都坐得板板正正，认真地听着课。她主要教实用的医学知识，比如人体结构，在平常生活中如何保护自己的身体。比如，和他们说人体的膝盖骨比较脆弱，会特别容易磕到碰到，告诫他们下课后不要胡乱推搡，注意安全。因为教了他们这些医学小常识，在支教之后，高一祯发现其实医学中一些点在平常生活中能经常用到。她的专业是预防医学，所以支教后的高一帧清晰地意识到，需要把自己学的东西用到实际生活中，她抱着这样的想法去做实验，学医以致用。

再见了支教

支教即将结束前，学校组织了一场告别晚会，支教人员带领各自班级的学生出节目，她教学生打了一套拳，所有动作全部都是自己现学的，然后再去教学生。有一个挺内向的小男孩，动作很标准，但是明显表现出不喜欢学的态度，也不喜欢说话。戴着眼镜，扎着马尾辫的高一祯像邻家姐姐一样，有时间就去找他聊天，听他说话，花更多时间去陪伴他，后来那个小男孩在晚会上表现得很好。当她结束支教要离开的时候，那个小男孩还抱着她哭了很久，在回来之后的两年内也没有断了联系，还会打电话聊一聊，这让她很感动的。那些孩子可能是因为父母不在身边，缺少关爱，内心比较脆弱，所以当有人关心的时候会比较依赖和信任，这让她更加明白要好好关心他们。

“晚会结束的时候把桌椅从支教使用的教室都搬回原来的教室后，整个教室空荡荡的，感觉心里也空空的。第二天就要走了，很多支教的小伙伴都没忍住流泪水，场面一度很伤感，结束得太快了。”高一祯回忆离开那天的场景如是说。

虽然支教活动已经结束了，但她的公益活动并没有因此停止。高一帧明确表示，如果在研究生阶段及走向社会后有时间的话，还会继续坚持参加公益活动。作为一名志愿者，她一直在志愿的路上。

戚圆圆

支教：值得回忆一生的经历

◎ 采访人：欧阳森

戚圆圆是一名英语师范专业的学生，大一期间她从理工科专业转到了师范类专业，而当时的她对这一专业并没有太多的热忱，只是相较而言，师范专业更加热门，也更能让父母满意。但 2020 年暑假，一次支教活动让她对这一专业、对教师这一职业有了新的认识。

2020 年暑假期间，学校为师范类专业的学生策划了一次去农村支教的志愿活动，在朋友的号召下，她抱着试一试的心态也报名了。于是她前往新安镇张湾小学开始了长达三个月的支教生活。

因为是暑假期间，学校不开放，她们被告知教学的地点是一个废弃了许久的房子。她心想：毕竟在农村，而且也就待三个月，破点就破点吧。但当她们跟随校长来到教学地点时，眼前的一幕还是不太能接受。虽然在她们去之前那里已经被打扫了，但依然掩盖不住它的破旧不堪——坑坑洼洼的水泥地面、掉了皮的白墙、十几张刚刚被放进去的木头桌子和塑料椅子。“当时真的难以想象我要在那儿当三个月的老师，连个干净的厕所都没有。”戚圆圆回忆道。随后，她们被校长带去了临时教室后面的一个幼儿园，那里便是她们这三个月的临时住所，虽然条件稍好一点，但还是远不如在家里。卫生条件没那么好，再加上村民还养了许多的牲畜，真的是一整夜都要和蚊子、各种虫子作斗争。“当时真的后悔了，想着为啥要报名，但来都来了，只能希望三个月赶紧过去。”就这样在蚊子的陪伴下，她度过了支教的第一晚。

初见，不一样的触动

支教的第二天，她要真正以老师的身份开始一节课了。打印好准备的材料后，她早早地来到教室。想到这是她教师生涯的第一节课，她略微有些紧张和担心，坐着不是，站着也不是，资料也看不进去了，开始在讲台四周踱步。逐渐地教室里的孩子们越来越多，随着上课铃声响起，孩子们都回到了自己的座位上，端坐着望着她。她做自我介绍，孩子们给她鼓掌；她讲课，孩子们认真地盯着黑板。“现在想想，好像看到那些孩子们天真可爱、满脸认真的样子，好像也没那么紧张了。”戚圆圆有些骄傲地说着。

而在随后与孩子们的互动中，她发现这些孩子们的英语基础基本为零，低年级的孩子们连最简单的字母都不认识，高年级的孩子们虽稍好点，但与同龄的孩子们相比还是差了太多，孩子们自己也说平时英语老师也只是带着他们做做游戏。学校说因为现在大部分孩子都去城市里读书，其实学校里也没几个学生和老师，能有语文数学课可以上已经很不错了，这方面一直不太重视。“那一刻，我真的有一种自己被需要的感觉。”当把一个个字母教给孩子们，他们那种对新事物的兴趣和渴望深深地触动到她，她也逐渐适应了那里的生活。

相处，偶尔的小确幸

和孩子们的相处中也发生了许许多多的小故事，事情虽小，但好像因为是那些孩子们做的，又很感动。当问及让她印象最为深刻的事情时，她说孩子那种单纯的心思真的让人感动和羡慕，对喜欢的人或者物会毫不吝啬地表达喜欢并给予关心。“有好几次上课的时候，发现讲桌上有小面包和糖之类的东西，因为是支教不太知道能不能收礼物，所以就没收，他们瞬间就失落了。”

而在一次美术课上，主题是画自己最喜欢的老师，她随便问了一个学生画的是谁，那个学生说画的是她，“上次下雨天把脚弄湿了，然后老师带我回去用吹风机帮把脚吹干了，所以最喜欢的老师是你，觉得你最好，最喜欢你。”孩子们的快乐和感恩总是那样的简单。“他说的时候，我既惊讶又惊喜，因为当时只是对他们负责，没想到他们会记那么久。那一刻，我真的不觉得我给他们带去了什么，而是他们带给我太多。”戚圆圆感叹道。因为是夏天，经常下雨，孩子们上学路上经常会把脚弄湿，而她的一个简单举动孩子们记在了心里。也许那就是那个夏天属于他们的小确幸。

离开，收获满满感动满满

当亲眼看到孩子们一个人打着一把破旧的伞、穿着雨靴、踩着泥泞朝着学校走来时，当亲自接触那些上了六年级还只是上过语文数学，没有上过英语、美术、音乐课，没见过多媒体的孩子们时，当看到孩子学会新知识后难以掩盖的喜悦却又因礼物没有被收而感到失落时，那种心情远不是用心酸所能形容的，更多的是对他们的心疼和无能为力。“有时候真的觉得自己能力太有限了，能为他们做的也只有教他们这不太标准的英语。”戚圆圆有些自责，为孩子们做得太少了。“也许我们没有能力去改变，但是我们有责任关注。”这句话激励她完成了剩下的支教生活。

坐上离开的车，看向窗外，孩子们站成一排向她们招手再见，有些低年级的孩子还“不争气”地流眼泪，看着孩子们不舍的表情，她有些难过，从最开始希望早点离开到几个月相处后的不舍。而当再次谈及这次经历的时候，她更是觉得这是人生中难以忘怀的经历。首先，作为师范专业的学生，这是她第一次当老师，回归最本质的教学方式、最简朴的交流方式，教着最纯真的孩子们，她说：孩子们给了我一个美好的教学经历，在这一教学历程中我也积累了很多的经验，他们带给我的远远比我带给他们的多。其次，这次的支教经历也让她坚定了当一名人民教师的信念，她说：以后要更努力地学习专业知识，这样才能更有资格、更好地教他们知识。“虽然学习压力越来越大，但我还是想要更多地参与这种活动，一方面锻炼自己，另一方面能为他们做点就多做点，在整个过程中，我也很快乐，收获了很多。”

如今，越来越多的大学生加入志愿活动中，如支教、社区志愿者、去养老院做义工等。或许一开始是为了学分、实践学时，但当真正投入其中以后，不知不觉中当初苦苦追求的东西早已实现，不知不觉中志愿也已经潜移默化地改变着我们。或是对某个现象的思考，或是人际交往能力的提升，或是对未来、对理想的坚定。

刘博元

刘博元：做志愿是我很喜欢的事情

◎采访人：樊姿仪

“我叫刘博元，现任北校副秘书长，来自内蒙古，爱好是骑马射箭烤全羊搭蒙古包。绝对有趣的灵魂！是喜欢红色、热情、话多的白羊座。男人的时候可以徒手拧断一把锁，女人的时候也可以给你整点‘嘤嘤嘤’。不管你是谁，加入我们咱就是好兄弟。请大家不要害羞，冲冲冲！”这个一袭红裙在台上激情昂扬演讲的姑娘就是刘博元，中山大学青年志愿者协会的副秘书长。

最近一段时间，刘博元总是“早出晚归”。因为他们的志愿者协会，最近有一个“大项目”。“现在在做广马志愿者的招募，我们需要做前期志愿者招募策划的撰写、志愿者的筛选、志愿者物资的分发，志愿者上岗当天我们需要带队前往。可以说从志愿者的选拔、培训到上岗都要我们一手操办下来。还有物资的采购、场地的布置也是我们的工作。”“广马”，也就是广州国际马拉松赛，是经国家体育总局、广东省人民政府和广州市人民政府批准，由国际田联和国际马拉松及公路跑协会备案的中国高水平马拉松赛，是国际田联路跑金标赛事，也是中国田径协会金牌赛事。虽然任务繁重，但刘博元觉得自己真的完成了一件有意义的事情：“这是一个国家级‘双金’的马拉松赛事，我们去帮忙招募志愿者，非常有成就感。”在广马开跑两小时前，志愿者们就已就位，不断有运动员前来询问存衣地点。这时，一位穿着白色运动服的中年男子来到刘博元的眼前，她深受震撼。因为这位男士是坐着轮椅，被人推着前来参加马拉松。他和蔼可亲的脸上满是坚定。尽管身体条件受到限制，但他还是将运动精神展现得淋漓尽致。刘博元在为他指引了道路以后，继续坚守在岗位，瑟瑟寒风吹拂着她的脸颊，但她心中却多了一份温暖。

除了这样罕见的大型志愿活动，刘博元也带队参加了一些日常的志愿活动，比如“手语课堂”。通过开展手语课堂，教全校同学有关手语的知识，帮助他们了解这个技能。对手语有一定的认识，能够让他们对听障人士给予更多尊重。“我们手语队针对所有学校内的同学，对他们进行一个手语的科普与教学。当天同学们都非常的热情，到我们的教学楼教室跟我们一起学习手语。”谈及上一次开展的手语课堂，她的声音里都充满了快乐。“我们不仅教学一些基本的手语，像‘你好’‘再见’‘谢谢你’‘对不起’这些打招呼的用语，还进行一些成语的练习，甚至是一些比较接地气、赶潮流的表情包的手语。最后我们还设置了游戏环节，邀请每个同学上来手语接龙，还准备了精美的小礼品哦！”能把有些枯燥的科普课堂变得生动有趣，这就是拥有“有趣的灵魂”的刘博元独特的魅力。关于为什么选择科普手语，这就与他们协会最大型的长期志愿者活动有很大关系。

中山大学青年志愿者协会每周都会组织志愿者去“芬芳聋童语训中心”陪耳朵不是很健康的孩子们玩耍。那些孩子并非完全听不到，而是都佩戴了人工耳蜗。尽管能听到外界的声音，但这些孩子可能依然会在社会上受到歧视。他们的目的就是帮这群孩子树立自信心。“我们不需要志愿者全都必须会手语，我们只需要有一颗温暖的、想做志愿想做公益的心，带给小朋友们欢乐，陪伴他们成长，给他们的成长留下一个美好的回忆。”大大咧咧的姑娘在说到这些小朋友的时候，声音都变软了，“这些小孩子其实都特别可爱！虽然他们可能是听力有一些障碍，但是他们都特别愿意跟你交流，和你玩耍。”不过，并不是所有的小朋友都乖巧听话，难免会遇到“小刺头”。有一次，她遇到一个不配合的小孩，怎么说话都不理人，还不停哭闹。她们忙得团团转，但依旧一筹莫展。最后去求助了老师才知道，原来他的人工耳蜗没有电了，又因为年龄太小不太会说话，所以一直在跟自己较劲。充好电以后，他立刻变得特别开朗，特别听话，和其他小朋友一起用彩泥捏泥塑，共同画一幅画，最后还参与了展示和评比。她说：“这是我很喜欢的事情，去做志愿，去帮助他人，去做一些对社会有意义的事情，这让我非常有幸福感、满足感和成就感。就像我看到这些小朋友们就很开心，追在我们屁股后面叫哥哥姐姐，真的很温暖。”

同时，刘博元的身份也有了小小的转变，从一名普通干事成长为志愿者协会副秘书长。但这身份的转变，并没有改变她的态度。“本来我们就是做志愿活动的，就算现在是管理层，我依然是一名志愿者。只不过现在，在做志愿活动的同时，更多的是管理大家。比如一个活动，从一开始的策划，到志愿者的招募，再到最后物资的清点与报销都是自己在做。就是事情更多了一点，责任也更重大了。”从执行者变成管理者，刘博元对于协会明年的活动有一些想法：“下学期我们要开展粤语课堂和社区义诊活动。”粤语课堂就是邀请对粤语感兴趣的同学，一起学习基本的粤语发音和粤语短语，科普粤语知识。义诊活动是在社区里一对一针对需要帮助的老年人或残疾人，给他们提供按摩和义诊等服务。中山大学第一附属医院门诊区设有志愿者驿站，给不会用智能手机的老年人群体提供帮助，这也是他们的目标活动之一。“做好我自己该做的事情，每一场志愿活动都尽力把它做到最好。”这就是刘博元对于自己未来工作的期待。关于对未来志愿活动的打算，她说希望以后可以有机会参加更多、更大型的活动去服务他人。“这样不仅可以帮助他人，还可以提升自己的能力，拓宽自己的视野，交到更多志同道合的好朋友。”

“公益”就是刘博元坚持的初心。“公益，就是为大家带来便利，服务大家的一个事情。中山大学青年志愿者协会的宗旨就是服务校园，回报社会。服务校园里的同学们，为他们带来生活上或者学习上的便利；回报社会，就是为社会上的所有人送上一份温暖和爱心。”说到这里，刘博元看着窗外，眼睛里似乎有点点星光。只是一瞬，她吐了吐舌头，又回到了那个跳脱的少女：“其实最近的小目标就是希望把广马完美地办完，期末的时候把广马的物资报销完成。”然后，便是一串银铃般的笑声。

李　菁

把故宫的那些事一直讲下去

——访故宫义务讲解员李菁

◎采访人：王祎琳

2020年是紫禁城建成600周年，又是故宫博物院成立95周年，故宫博物院将在“大庆之年”开展主题为“丹宸永固：紫禁城建成六百年”的系列活动，古老的紫禁城以它特有的魅力静候前来参观的游客。在故宫，有很多志愿讲解员，他们向游客展示600岁的故宫的历史、文化和故事。他们已成为故宫游览中不可缺少的一部分。

机会留给有准备的人

2020 年，李菁已经 20 岁，和我们一样是个地地道道的“00 后”。未加入故宫志愿讲解服务队前，她只是一位单纯喜欢汉服、喜欢传统文化的同学。加入后的她是一位熟知相关知识的“小灵通”。别看她年纪不大，但她参加故宫志愿讲解已经 4 年了。

李菁还记得自己申请当志愿者时的情景。那是 2017 年，课后她在故宫搜集作业资料时，一个偶然的机会，启发了她是不是可以试试在故宫做志愿者，这样既可以把自己的爱好与志愿服务结合起来，又可以为社会贡献一份力量。于是，她就咨询了故宫志愿服务中心。很快她就得到了回复，正巧故宫博物院正在招募志愿者。听到这个消息，她高兴得不得了，赶紧去报名。可再一打听，报名时她的年龄还不到 18 岁，只能以实习的状态加入，“多少有点可惜！”李菁想着，到故宫当义务讲解员，这工作太适合自己了，不想放弃，于是便先以实习生的身份加入。她暗自下决心，等到 18 岁，一定要达成在故宫当志愿者的愿望，作为给自己的成年礼物。

李菁说，故宫讲解员的门槛相当高，考试的内容很全面、很细致，而且都很有深度，如果不是真的了解或对这方面有研究，很难答上来。比如，它会让你准确地写出由 20 个字组成的乾隆皇帝的谥号，这种题还算里面比较简单的问题。接到考试的通知后，她做了充分的准备。在面试现场，她用丰富的历史知识和对传统文化的热爱征服了考官。满 18 岁后，李菁经过转正的专馆讲解考试正式上岗，服务地点在陶瓷馆，至此，她终于如愿成为故宫正式的义务讲解员。

赞扬送给能坚持的人

做志愿者这些年，不管刮风下雨，严寒酷暑，每个周末李菁都会去故宫做志愿服务。当我问到是什么支撑她一干就是四年的，李菁很自然地脱口而出，“是游客的谢谢，在给游客讲解完收获他们的一句‘谢谢’，他们对我工作的认可都会给我极大的满足和动力，让我愿意坚持下去。”她觉得做讲解员是一件有意思的事，李菁说每次来到故宫，都会看到成千上万的人，与别人相互交流，说说笑笑，她觉得很快乐、很满足。

都说志愿者很辛苦，但她觉得，其实，这是一个彼此成就的过程。

李菁说，游客当中有很多高手，有的是专家，有的是大学教授，有时游客问的问题自己很难答上来，她便会虚心请教，并记下来回家查阅资料。李菁并不觉得这么做很尴尬，“人外有人，山外有山”，她把别人讲的认真记下来，核实后再回过头来讲给其他人听。在她刚刚加入故宫志愿服务队的时候，老师就告诉她，故宫面向的可以说是全世界的游客，有更精通的人很正常。如果被问到很专业且解决不了的问题，完全可以大方地向观众解释自己的专业储备可能不是那个方向或者还没那么专业。

就像她说，“在进行志愿讲解的时候，不仅仅是同行的志愿者，还有很多专业的游客，我可以从他们每个人身上学到很多东西，不仅仅是文物的知识，还有很多是他们的人生阅历及所积累的经验，那是在课本和老师那里学不到的。我收获很多，也愿意坚持做下去。”

成功奖励给愿专注的人

“要想讲得好，光靠背词肯定是远远不够的，更要多多阅读相关的书籍资料，总之就是要让每一次讲解都能完成得更好吧。”在和李菁的聊天中我了解到，除了多读书以外她还会向其他老师请教，会先听听老师们的讲解，然后再加上她自己的想法和感受，最后再呈现给观众。“每个老师的讲解侧重点也是不一样的，能搞明白一个方向就是一件很需要时间的事情了，这需要我们深入理解研究。”经过不断的学习，她已经对陶瓷馆的每个展品都有比较详细了解，尤其是对哥窑的展品更是如数家珍。

其实在这四年的志愿服务中，她也有觉得枯燥的时候。毕竟她是周末去服务，一服务就是半天，在这种情况下想要出去和同学玩的时间就减少了。或者一周下来有时候挺累的，周末想睡个懒觉，早起时会抗拒和挣扎很久。但这种抗拒仅限于在她早起到岗位之前。因为当她到了故宫，置身于紫禁城中专注于她的讲解，将她准备已久的内容分享给游客，就会觉得很放松、很开心，“故宫对我来说最大的魅力和魔力就在于此吧。”

面对未来的展望，李菁也有一些小小的担忧，“我觉得目前讲解这类公益活动面临的最大挑战应该就是人工智能和互联网带来的‘竞争’吧。因为现在科技很发达，很多东西都可以通过技术去实现，比如故宫就有云参观的数字故宫，未来如果技术进一步发展，可能就不需要我们这些志愿者去讲解了吧”。技术的进步可能会对人工讲解造成冲击，但人所带来的幽默与温情是机器代替不了的，所以就像李菁所说的，“只要观众有需求，我们就一定会努力满足观众们的需求的，他们对文物感兴趣，愿意听我们讲就是对我们最大的支持。”

她希望能给更多的人讲故宫的故事。

程有坤

让生命跃出一方，翻山越岭

——程有坤的骑行之旅

◎采访人：王怡清

像水那般

在整个自然界中，如果将己身化作一种物质，程有坤一定会选择水。

“水这个物质是很好的。”他从吧台递过来一杯温热的柠檬水，望着它若有所思道。

1982 年出生的程有坤，现在在一家以新零售模式运营的书店工作。店面不大，他几乎一个人就可以负责起整个书店的活计：前台收银、咖啡茶饮制作、新书上架……

同时，程有坤也是“铁刷自行车”俱乐部中的一员。这个集结于北京的自行车公益社团，每年九月、十月都会组织一次扶贫助学活动。

骑行是程有坤从小就喜欢的一项运动。这大抵也是他加入铁刷自行车俱乐部的初衷。但单论骑自行车这项运动，简化后只能说为“骑车”。程有坤提到骑行这件事，骑后面的“行”是他关注的重点。

“除了在书本上看到的知识之外，其实还要到外面去看看这个世界。”

中国人自古以来所说的读万卷书，行万里路，如今甚至演化为，读万卷书不如行万里路。但无论哪种说法，都足以佐证学与行是并行的两件事。亲身的体验会让书面的知识存储进自身时更加丰满。骑与行也如此，甚至让这个“行”在其中显得更重要。

骑行到山区，就是更近地去感受那些人们的生活。

易县，是俱乐部的定向扶贫县，位于河北省中偏西北部，太行山北端东麓。

从北京到河北易县 130 多公里，骑行需要近 8 个小时。这些因共同爱好而聚集在一起的骑行者们，带着物质与精神上的财富，奔向山里，奔向学校。

“离北京很近的地方，但是很不一样。”程有坤说。

在北京的孩子，很难能想象一个这样的地方：一整片的地方没有手机信号，臭气熏天的旱厕，卖过期食品的小店……这个地方离首都那么近，近的有些不真实；但是它偏偏又离北京那么远，物质和精神上的贫瘠，与北京孩子的差距远得仿佛不在一个世界里。

“山里资源匮乏，优质人才匮乏，很多人走出来了，留下来的是老弱病残。”但程有坤却并不愿意将自己和同伴所做的事称为公益，“我们骑行到那，当地的人给我们一口水喝，是我们需要的；为什么不能把一些闲置的东西带到他们那里？也满足他们的需要。这是互相帮助，不是单方面的公益或者救济。”

程有坤参加了有三五年，每年都会打包一些书本和文具，带给那里的孩子。

再穷不能穷教育，在这点上，俱乐部可以说做到了全心尽力。骑行成员一一对接，承包了一些成绩优秀却家庭贫困的孩子的学费，为的是缓解他们生活上的压力，让他们能够花更多精力在学习上，减少一些相较城市孩子的自卑感和落差感。

“看到他们过得太难了。”他说起时还有些不好意思。比起身在北京为生活而努力的自己，那些在物理距离上与自己很近，却仿佛隔了两个世界的人们，似乎要更艰难一些。

程有坤从不会在这个过程中特意去留下“我是谁”，也不会将“我给了你什么”划为重点。

“我只要知道这个地方，如果能比较多地关注到他们，帮助到他们，就足够了。”

有人送去钱和生活上的必需品，给予“物”的帮助；有人去支教，给予精神层面的帮助。他们的共同点，就是都曾亲身走进过易县，接近那里和那里的人，与其沟通，为其解惑，程有坤把这个过程称为“感受他们的生活状态”。

“生活在这个世界上，拥有的东西，其实在真正意义上不属于你。”程有坤认为，一个人的价值，都理应来自他的附属、地位、工作等，并不属于人本身。“而在有生之年，这些可支配的资源，都拿来自己用、自己享受、自己便利了，如果能利己，干吗不能支配点给别人，去利他呢？”

就像水那般。

上善若水，如《道德经》所言，水善利万物而不争，处众人之所恶，故几于道。也如刘禹锡的辞赋所写那般，至清尽美，利人利物，时行时止。很富有的人不用再去给，那只能往下，水一样地往下流，往更需要它的地方流，去帮助那些需要它的人们。

遇到干旱可以去浸润它，遇到火患也能够熄灭它，遇到浑浊亦足以涤清它。

“我觉得水这个物质还挺好。”谈及此，程有坤笑着喝了一口杯子里的水，“人的精神应该能做到水这样子，可以无处不在。”

即便肉身暂且囿于这个相对狭小的书店，囿于书架上琳琅满目的书本之间，他仍然选择奔赴大山之中，也许能让灵魂迈向更遥远、更广阔的天地。

热爱永恒

程有坤非常喜欢收集《国家地理》杂志，他的“藏品”大多置于另一个店址。多数第一次去到那里的书友都会被那些挂了满墙的杂志吸引去目光，或被各色封面写真与各种语言构成的文化意象所震撼。如果恰巧遇上在店的程有坤，他或许会向你搭话，由此围绕着这本世界上最广为人知的杂志聊上一两个小时。不过，对程有坤来说，拥有《国家地理》的意义，与其说是收藏，不如说是一种追求。

展现，或者发挥它作为一个文化载体本真的价值。这也是程有坤选择将他收集的千余本《国家地理》呈现在这家书店的原因。

或许是生性便向往和追求更广阔的世界，程有坤热爱《国家地理》，热爱骑着自行车行过无数山川大地，也更热爱这些他所坚持的东西背后的意义。

对一样事物热爱到极致，最终会成为一种追求。不过归根结底，人的一生其实都是在追求快乐而已，追求问心无愧，为热爱而生，因快乐而活。

程有坤对此深以为然，不论是花足足三个月工资去购入大量的《国家地理》杂志，还是投入易县的那些资源，得到都是一种精神上的愉悦。

“其实不论你给出去或是收到的东西，不用特别去衡量它的多或者少。”他说，“简单举例，你帮了一个人的忙，哪怕是在路上给别人指了个路，你的心情也会变好。”

积攒下这种简单的愉悦感，会带来一种豁然开朗的乐观心态。有的人看不得别人好，有的人看不得别人不好。程有坤显然是后者，“有生之年就这么多年，别等到死了手里还攥着这么多资源，赶紧给它散了。”他半是打趣着说道。

在有方向有目标的帮助之外，他依然会有一些担心，如果只是把钱单纯送到那里去，也不一定是好事。他觉得有些人一下子接到物资，或者突然拿到一大笔财富，很可能不会用，或拿去乱用，所以“刚刚够”才应该是最好的。

“这个事情，要么做，要么不做。要不做就不做，要做就要做好，做下去。”他说着，将目光抛向了远处，神色中带着些感慨，又含着些坚定。

眼下，程有坤仍将大多精力都放在了他的重资产《国家地理》上。然而对待“公益事业”，他始终都秉持着一种“互相帮助”的认知，将其作为他一年中常活动的一部分，并长久地坚持下去。

夜幕降临，不知是远道而来，抑或是顺途经过的行人纷纷走入这家精致的书店。他们往往会点上一杯饮品，坐在店里挑一两本书看上一会儿，或是捎上一份工艺品作伴手礼。书店便迎来一天中客流量最大的时分。

而程有坤时常要面对此时的忙碌。他收走手边冷掉的柠檬水，暂时做了书店这一方小天地里的水，向需要他的地方流动。

没有人永远活着，没有东西可以经久。只要还有一份热爱与坚持潜藏在心中，就会汇成生命永不衰竭的动力。

马　菡

跌倒仍前行　追光亦发光

——首都学雷锋志愿服务“首都最美志愿者”马菡访谈

◎采访人：杨依凡

她有着一双明亮清澈的眼睛，乌黑的直发，刚好过眉的齐刘海，她的脸上总是挂着笑容，甜甜的，让人感到温暖。她就是马菡，现就读于北京师范大学，现任幼儿园幼师，北京市京徽志愿服务总队的一员。

始于好奇　忠于热爱

马菡第一次参加志愿活动是在她初中的时候，当时主要是因为好奇，也是受到父亲的影响。马菡父亲是北京市京徽志愿服务总队的负责人，做志愿服务较多，很有经验，于是她就开始了自己的第一次志愿服务。那次的主要任务是在北京西站指路，由于面积比较大，进站口出站口也比较多，前期的准备工作就比较麻烦了，要在北京西站实地转，一圈一圈地转，让自己清楚地了解究竟该怎么走。她笑着说道，“肯定得做足充分的准备，要不然人家来问路你哪儿都不知道”。这次志愿活动不仅是满足了她的好奇心，更让她坚定地想成为一名志愿者，帮助更多的人，做更多对社会有益的事情。

在第一次参加志愿服务后，她了解到了参加志愿活动真正的意义，传递爱给每一个需要帮助的人，每一个陷入困境的人，让他们不再孤独，不再无助，促进社会和谐。此后她又继续地参加了很多志愿服务，如义务献血、敬老助残、北京世园会、北京西站春运暑运、北京马拉松赛、防疫志愿服务、天安门地区志愿服务、国际雪联北京滑轮世界杯、文保宣传及环境保护等。因为热爱，她初中时就加入了北京市京徽志愿服务总队，该公益组织组织的活动种类比较多，像是环保、地铁、植树、垃圾分类等活动都有开展，每一次活动的开展意义都是不同的，但都对个人、社会产生了有利影响。

她印象很深的是在一次寒冬里的经历。那是在 2014 年春节前，当时她还是一个小孩子，她和父亲在两三点就早早起来了。夜里两三点的马路上几乎看不到人，路边楼层中的一户户也早已黑灯，人们都已进入了甜美的梦乡。外面寒风凛冽，让人感到刺骨的寒冷，但为了让两位回家过春节的视障夫妇顺利坐上汽车，他们毫不犹豫地主动接了这次任务。在寒风中“逆行”，加快步伐坐上夜班车前往视障夫妇的住所，生怕耽误一点时间赶不上汽车。气喘吁吁地赶到住所后，视障人士武先生连忙让他们进屋暖和休息一下，马菡怕误了发车时间回复道：“先到车站再说吧”，说完她便立即一手拉起了一个行李箱，另一只手领着武先生的爱人，她父亲领着武先生，一点也没有休息便赶紧继续向汽车站出发。一路上小心翼翼地走着，在扶着视障人士的同时观察着前后左右、地面，上下楼梯、拐弯的时候都会提前提醒一下武先生和他的爱人，生怕武先生和他的爱人磕着、碰着。经过马菡和她父亲一路上的悉心照顾，视障夫妇顺利坐上了汽车，可以与家人团聚的喜悦之情溢于言表，武先生的爱人得知马菡还在上初中，激动地拉着马菡的手表达了感谢之情。

愿做给予者　温暖众人路

在参加志愿活动中也会遇到很多困难，但她并没有放弃，迎难而上，沉着冷静，战胜困难。在 2016 年她参加北京西站地区志愿服务协会的暑运志愿服务时突然发生了紧急情况，西站南广场的地下一层平台由于雨水倒灌积水没过脚踝，影响了乘客们的正常出行，也造成了堵塞，很多人被滞留在了平台两侧，场面非常慌乱。她仍然保持冷静，丝毫没有犹豫，马上去拿扫帚与扫水大队一起将水向排水口里推，她不确定能不能快速让平台恢复原样，但只要是能带来一点的好转她都愿意去做。来来回回，一次又一次，水也慢慢地变少了，看见乘客们可以正常通行了，即使因为双脚长时间泡在水里，再加上在水里来回走动用力推水磨出了水泡，紧握扫帚的双手也攥出了红印，自己特别累，她也在完全不在乎，反而感到很幸福，很满足。这也是她喜爱做志愿活动的一个原因，大家来自不同的地方，有着不同的经历，但是大家为了一个目标努力，有一群伙伴一起奋斗着，做着有意义的事情。

在抗击新冠肺炎疫情的特殊时期，马菡也积极参与了群防群治工作中。她在社区内协助检查张贴的“疫情紧急通知”和提示条是否完好，让居民们了解到相关信息，戴口罩、不聚集。她在微信群和网络社交平台宣传正能量，让人们不恐慌，不信谣不传谣。社区实行封闭化管理，人手不够，她更是主动申请到防控卡点测量体温、查看进出人员出入证、人员信息登记、公共设施消毒等工作。“您好，请您出示一下证件”，“您好，麻烦您配合测量一下体温”，“您好，麻烦您这边登记一下”，一遍又一遍重复着，认真地检查着。为了居民的健康，为了更多人的健康，她每天认真地按照要求检查着，不怕苦不怕累，更不会嫌麻烦。

绽放青春梦想 收获微笑人生

马菡参加了这么多活动的同时也并没有耽误自己的学习和生活，在校期间她先后担任了学生会干部、系志愿部部长、系网络部部长、校团委办公室主任。通过考核获得《教师资格证》、北京西站地区志愿服务协会聘为“初级培训师”，北京大学—北京市社会组织治理创新暨能力提升研修班（第一期）学习并获得《结业证书》、北京共青团新媒体培训班获得团市委颁发《结业证书》、入选《北京市核心志愿服务组织人才库》；获得学校奖学金、“北京市政府奖学金”、团中央“自强之星奖学金”等；多次活动中的“优秀志愿者”，2018 年荣获共青团中央、中华全国学生联合会的“中国大学生自强之星”提名奖等。她对工作认真负责，谦虚好学，与同学相处融洽，在学习之余她还带领同学们参与志愿服务，丰富社会实践经验，为社会做出奉献，展现青年人的责任与担当。孩子们的笑容是天真无邪的，马菡也正是因为喜欢与孩子们相处的氛围，选择在幼儿园工作，成为一名幼师。“我喜欢孩子们的笑容，还有孩子们对我的那份依赖，我想守护这份笑容与依赖，尽我力所能及的力量去陪伴他们”，她传递和守护了更多微笑。

“通过志愿服务使我学到了很多在学校学不到的东西，学生时期是人生中极其宝贵的一段时光，但要自觉担负起时代的重任，做一个有价值对社会有贡献的当代大学生”，“参加志愿活动最开心的是对方对我的一个微笑或一句感谢、一个认可”。帮助别人的时候自己也是很快乐的，能帮助有困难的人解决困难，给陷入困境的人带来希望、前进的动力，要的不是他们的感谢，只是希望他们可以快乐。马菡的人生里不仅有自己的微笑，还有因为她的存在而快乐的人们的微笑。

我们每个人都是追光者，都在向着自己的梦想靠近，怀着热爱奔向未来，实现人生价值，马菡在追求着美好，但同时她本身就带有美好的力量，她善良、勇敢、无私，她的这份责任与担当也感染了身边很多人，使更多的人加入志愿活动中，在追光的路上不断地完善，提升自己，只要心中有光就不惧黑暗，即使遇到困难也不曾停止前行的脚步，使自己成为更优秀的人，也为社会做出了贡献，使社会变得更美好。

周延轶

周延轶

——以星火燎原之势，把桌游开进社区

◎采访人：崔　淇

“好，四号率先出完手牌，游戏结束！”随着周延轶利落的叫停，第二届残健融合拉密比赛落下了帷幕。赛场上，无论是连规则都要别人不时提醒的老大爷，还是摇着轮椅进来的行动障碍人士，没人觉得自己和他人不同，每个人都沉浸在桌游里。

残障人士，空巢老人，这些特殊群体，通过小小的桌游，得到了真正的快乐。而这项志愿活动的组织者正是周延轶说：

周延轶

“我只想用自己双手的努力，让更多的人了解到桌游的快乐。”

结婚生子后，周延轶不再东奔西跑地加班出差，而是将重心放在了家庭。由于以前桌游公司的工作和自身长久以来的兴趣，她开始带着自己 3 岁的孩子和 70 多岁的公公一起桌游。孩子上幼儿园后，周延轶慢慢开始带着桌游去幼儿园教其他小孩一起玩。

桌游适宜人群为 3 ～ 99 岁，有轻松上手、聚会娱乐的“毛线桌游”，也有光看规则书就要啃一下午的资深桌游。虽然桌游大不过一盒，但因为可玩性极强，随时随地都能开一盘的特性，吸引了不少的拥趸。又因为是一种面对面的游戏，非常强调交流，也是个社交聚会的好办法，可以很快让陌生人拉近距离。

幼儿园的欢乐桌游收获了相当不错的反响，连老师们都享受其中。一位家长参与活动后，大肆赞赏，联系到了周延轶。“这种桌游的形式真不错啊，能不能推广到社区里面，让老人小孩都一起玩？”这位家长是朝阳区街道创享计划的一位负责人，创享计划致力于将社区的居民联系更紧密，“这种面对面的桌游绝对是个好选择。”周延轶同样很有兴趣。

二人一拍即合，很快就在周延轶所在的朝阳区花家地街道东湖社区举办了桌游活动。二人带着自己的朋友张贴海报，筹备场地，万事俱备，只待社区居民熙熙攘攘享受桌游的快乐啦！

激动的心，颤抖的手，周延轶推开场馆的门，只见红火火的横幅配着冷清清的场地，零散散地坐着三两位玩家，眼前的场景像一盆冷水泼醒了她。

活动初期的效果很一般，很多人从没接触过桌游，对于学习新事物还有些抵触，周延轶就带着志愿者们，背着桌游，对报名比赛的居民挨家挨户地进行上门教学。无论是数九寒冬还是炎炎夏日，只要有需求，周姐就“上门服务”。一次又一次的耐心教学，一户又一户的登门拜访，一片又一片的社区宣传，她满怀热血，利用周末和节假日，无偿献出自己的空闲时间前去教学。

周延轶的朋友们听说了她的计划，都是赞不绝口，更有不少朋友以私人的名义向周延轶捐赠需要的桌游，自己的公司也拨出一笔钱，帮助她壮大社区桌游的组织，甚至连世界万智牌比赛的唯一中国冠军，黑白棋中国赛区的高手们都来凑热闹。志愿者很多，都怀着一颗热忱的心来帮忙。

苦心人天不负，社区比赛的参赛者开始多起来，自愿教学的志愿者也逐步增加。比赛的规模也愈发庞大，参与的社区越来越多，游戏内容更是从活跃气氛的毛线桌游，到硬核烧脑的策略类桌游，应有尽有。

尽管活动的初衷仅仅是面向社区的老人与儿童，但随着活动在社区的影响越来越大，吸引了各方人员的注意。在一次赛后的开会总结中，周延轶遇见了朝阳区盲协的某位工作人员，说：“这种游戏残疾人能不能玩啊，像有的肢体残疾，精神残疾，他们的智力都没问题。”

那就来试试吧！他们先联系到了望京街道的残联，在望京的各个社区开始推行。估计会更困难吧，周延轶对于向残疾人推广做足了思想准备。然而，这次的推广却出乎意料的顺利，不少人都跃跃欲试，争先恐后地想要来一局。

残疾人并不希望自己被特殊对待，他们就想和正常人一样，玩一样的游戏，参加一样的活动。他们不需要被慰问，他们不需要别人的怜悯。

周延轶及志愿团体很快就举办了第一届“残健融合”拉密比赛，健康人和残疾人坐在一起，面对面的斗智斗勇。桌游场上，没人在意你是谁，没人在意你是健康或是残疾。一下午激烈的比赛，残疾人团体与社区团体竟打了个二比二平手。也是从那场比赛后，周延轶的组织开始引起了残联的关注，几个年头过去了，更是从望京街道拓展到了整个朝阳区，西城区与海淀区也有了推行桌游的星火之势。

“在以前，我们从没想过这种方式，对于残疾人，我们想过歌唱比赛，体育活动，但要么参与的人不多，要么积极性没那么高，自此用了桌游这种方式，所有人都融入进来了，桌游真是个不错的媒介。”不少残联的工作人员视察桌游活动后，纷纷赞叹桌游这种新形式。

由于周延轶的项目，让桌游进入了更多人的视野。在 2019 年，不少的社区就已经把桌游变做成了一月一次的保留节目，甚至新年、春节等节假日也有着辞旧迎新活动，力图人人都参与，人人都玩得开心。桌游的种类更加多样，政府推行的垃圾分类做成了桌游，党课内容也被做成了强国梦桌游。内容也更丰富，除了自费购买与街道提供的寥寥数种桌游，志愿者、桌游厂商也自发性地带来丰富多彩的内容。

从无到有，从小到大，组织也一步一步地完善，然而，周延轶也有些力不从心，但却有大批的志愿者奔赴过来，自愿，义务地去教学，去宣传，去燎原。

未来，周延轶也有着更大的展望：在各个街道，各个社区建立桌游图书馆，在节假日，所有人都可以来图书馆借阅桌游去家里玩。理想终会成为现实，在最初的望京街道，周延轶的根据地，已经正在建立起来一座图书馆了！乐博瑞公司，集石桌游，以及数不清的个人都捐献出来自己喜欢的桌游，大有把图书馆“填满”的趋势。

桌游的年龄跨度很大，3～99 岁都能参加。不论什么人，都能参与进来。让所有人都能感受到桌游的乐趣，让每个人都能参与到快乐的桌游之中。周延轶对于未来充满希望。

始终相信，星星之火，可以燎原。